文芸社セレクション

彼氏はアンドロイドバスター

koko

文芸社

目次

まえがき

人類の発展により、より高度なＡＩロボットが登場してきた。巧妙な手口で人間社会に溶け込み、秩序を乱してきた。そして世間はそんなアンドロイドから人間社会を守る為に、「アンドロイドの排除」という結論に達した。こうして立ち上げられたのが、アンドロイドを捕まえるアンドロイドバスターだった。そんな世の中でいつしか出会った彼氏はそのアンドロイドバスターだった。

彼氏と順調な付き合いだったが、疑問に思い始めてきた、彼氏のことも優しい両親のことも自分のことも。気付くと周りの大半がアンドロイドだった。そして私は決心した。今までの自分にさよならをして、この世界を変えようと、奮闘に飛び込んだ。

「まずは自分から変えなければ」

彼女の戦いがそこから始まった。

アンドロイドバスター

私は大学2年のジュリア。実は、彼氏のフレディは一瞬のうちに相手をスキャンしてアンドロイドであることを見破る能力を持っているの。それでアンドロイドバスターに。

アンドロイドは、外見で区別がつかないほど人間や動物に似ているロボットのことです。サイボーグは体の一部を人工的な機器で置き換えた人間のことです。義足やペースメーカーなどもその一部と言えるでしょう。

フレディは私にはとても優しいんだけれど、体のほとんどが機械でサイボーグだってことを最近になって知らされた。とてもショックで一晩中泣いたわ。でも後で気付いたの、彼の方が苦しんでいるってことに、だから……。

「今夜もお仕事なの？」私が聞くと、

「ああ、キャメラタウンで違法行為を続けているアンドロイドがいるって情報が入ってね、これ以上は……」いつものセリフだった。

「分かっているわ、機密情報でしょ？　でも気を付けてね、最近よくない情報が流れているわ。心配なの……」そうなのだ、ＡＩであるアンドロイドが人間に危害をもたらすという噂が世間に流れていた。

「ごめん、君には心配させてばかりで……。そうだ今度、長い休暇が取れそうなんだ」

「本当!?」

「でも君は大丈夫なのかい？　単位が取れないと」フレディが言い掛けた時、

「おっと」私は人差し指を振りながら、

「私はこれでもクラス1の優等生よ、論文はその休みまでに仕上げて提出しておくわ」

「はあ、頭が下がります。じゃあ行ってくるよ」キスをしてきた。

「気を付けてね。楽しみにしているわ」

　数日後、ニュースで特殊警察がカジノの従業員であったアンドロイドを突き止め、違法営業を取り締まったと報道されていた。

（きっとフレディの活躍ね。私も頑張らなくっちゃ！）

　今世紀に入ってアンドロイドでの巧妙な犯罪が慢性化して、ついにアンドロイドの製造が禁止、この世から排除していくことになった。もちろん人間に似ていないロボットは対象外だったが、すでに出回っている数が多く、友達がアンドロイドであったりすることがまれではなかった。

　アンドロイドは機械だ。その機械が人間のように感情というモノを持ってしまったら、考えられないことが次々と起こるだろう。人間ができない計算やコンピュータを扱うのが得意で、人間が気付かないうちに不正を行ってしまうということも可能だ。もちろん、そのプログラミングを付け加えるのは、所有者である人間だ。でもそのプログラミングを行うのもアンドロイドということが判明してきた。元々プログラムで動いているアンドロイドにとって、プログラミングは得意中の得意だからだ。しかも罪悪感情的なものは一切必要ない。

その手口とは、株の売買に関与していたアンドロイドの発見からだった。それでなくても株の投資には、世界中のあらゆる情報を解析しているコンピュータ任せのバイヤーが増えてきて、人間が立ち入る隙がないほど知力が必要で、これまでの勘だけでは食っていけなくなり、投資家達は一線から退いてしまい、株取引で成り立っていた企業が衰退していく一方だった。だから、政府はコンピュータでの取引を中止することになった。人間の手で直接売買の入力を手動で行う規則を立てた。これは今まで培った文明の逆戻りだった。だが人間に成りすましのアンドロイドを発注して、キーボードを打たせる者が出てきた。モニターには自分にそっくりなアンドロイドが座っているのだ。華麗なブラインドタッチでやり過ごしていた。

「君、随分と成績がいいじゃないか、何処で情報を得ているんだ？　俺にも教えてくれよ」と言う言葉に、彼は、

「へっへへ、それは言えないよ、企業秘密だからね」と返すだけだった。そんな人物が急増してきた。

それだけではない、オペレーターの中にも入り込んできた。微妙な情報をつかむ為だ。

こんなことになり、市場はアンドロイドの世界へと変わっていったのだ、もう人間の存在の意味が無くなってきていた。他の世界も同じだった。人間の居る場所が消えてしまいそうだった。アンドロイドを手にした一部の者だけが、この世を支配してゆく時代になりかけていた。そして業界では禁じ手だった、『人間を殺す』というプログラムをされたアンドロイドも殺し屋に雇われていた。

政府はそんな時代を変えようと、アンドロイドバスターチームを創設させ、全てのアンドロイドをこの世から取り締まる為に発足させた。そのチームに特殊機能を備えたフレディが抜擢されたのだ。

100％の親友

「全てのアンドロイドが悪いってわけじゃないけど」と言うのがフレディの口癖だった。アンドロイドの逮捕をしている彼が言うのもおかしいと思ってはいたが、アンドロイドに対して敵対心が強いわけではなさそうだ。実際、アンドロイドに癒《いや》されている老人達や障害者も居るとフレディが言っていた。摘発して逮捕するだけではなく、そういったアンドロイドには特別な承認証を発行して、共存できるようにフレディは働きかけている。

現在、人間社会に必要だとは私も思っているけど、どうしても利益優先でアンドロイドを利用する人間が沢山居る。フレディはその人達の罪を重い刑で取り締まらないと意味が無いと言っていた。

数日後、通学中にキャンパスの後ろから、

「よ、ジュリア」親友のマリアだった。

「おっはよ。マリア」私の手に持っている物を見て、

「ええ！　それって、もしかしてもうレポート仕上げたの？」

「うん」返事すると、

「見せて」と返ってきた。私は即答で、

「ダメよ、コピー禁止なんだから」すると、

「そう、お固いこと言わずに」

「マリアだって本当はできてるんじゃないの？」と言う私に、マリアは待ってましたとばかりに、

「分かる？　あとちょっと」と、右指でちょこっとポーズ。私は、

「さすが天才ね」と言うと、マリアは、

「あんたの次だけれどね」マリアはクラスメートの中でも一番の親友だ。頭は切れていて考え方が面白い。そんなマリアの仕上げたレポートだから、私には興味があった。

「マリアはどんなレポートを？」すると、

「私のは、超凄いのよ。この世を変えるぐらい」と返ってきた。私は驚き、

「ええ!?　この世を？　いったい何をレポートしているのよ」私の問いに、またマリアは待ってましたという感じで、

「聞きたい？……実は『虫』よ」

「虫？」期待を外された表情で私が返すと、

「そう、虫。……なに？　その顔」私の表情を見ながらマリアが言った。私は、

「だって世の中を変えるほどって言ったじゃない？」の問いに、

「そうよ。たとえばカタツムリの殻に『バカ』ってマジックで落書きしても数日で消えてしまうのよ。どうやってお掃除していると思う？」思いも寄らない言葉に、

「さあ？……。だいたいカタツムリの殻に落書きするって発想が思いつかないわ？」私の真っ当な意見に、

「そっか、いいネタだと思うんだけれど……。ところでね、ジュリア、彼氏に告白したの、されたの？」話をいきなり切り替えてきた。

「何をいきなり」

「どうせジュリアのことだから告《こく》られたんでしょうね？　その美貌にできのいい頭脳、だからね」と言うので、

「どうしたのよ、……あ、まさかマリアも好きな人が？」私の口を止めるように、

「それ以上言わないで！」

「あなたも十分な美貌よ、私よりも」

「そう？……」

「あなたから告白すれば一発よ！」

「……でも」

「何か引っかかることでもあるの？」

「……いい」何かを隠しているようだった。

「らしくないわね？　なんだったら協力するよ？」それでも、

「……うん。でもいい、ありがとね」いつも上機嫌な彼女がちょっと寂《さみ》しげに見えた。

（気のせいかしら？　何でも１００％の彼女が……）

翌日から彼女が学校に来なくなった。皆勤賞の彼女が数日も休むなんてありえない。

（レポートの仕上げで来られないほどの頭じゃないし……。帰りに様子でも見てこようかな）

彼女は自宅から通っていた。そこまで来ると意外な人物に、

「あれ？　フレディじゃない？　どうしてここに？」すると彼からも、

「ジュリアもどうして？」と返ってきたので、彼女の屋敷を指差して、

「あそこ、友達の家。あまり休むから心配で来てみたの。フレディは？」

「その～、詳しいことは言えないのだけれど、仕事で」またいつものセリフ。

「お仕事？　分かったわ、じゃああとでね」と歩き出すと、フレディが私の腕を摑《つか》んで引き止め、

「ちょっと待った！　駄目なんだ」

「なにが？」私はちょっと膨れた。

「君は何も知らない方がいい」と言いながら前に立ちはだかった。

「どういうこと？　説明して！」私が強く言うと、フレディが困った表情で、

「まさか君の友達だなんて……」

「ええ⁉……マリアがどうかしたの？　ちゃんと説明してよ！」更に強く言うと、

「……実はマリアは10代前半に亡くなっているんだよ」意味不明な言葉が出た。

「亡くなっている？……でも」

「疑いたくはないだろうが、今の彼女はアンドロイドだ」衝撃的な言葉が飛び込んできた。

「なんですって？……マリアが……。嘘よ！」私は大声で怒鳴った。

「本当だ、両親も自白した」

「うう……、マリア……」あまりのショックで私はその場に泣き崩れてしまった。フレディは私を抱き起こすと、車に連れて行った。

「マリアはどうなるの？」怖いが質問したら、

「処分されるかもしれない」

「処分⁉……マリアは私の親友よ！　そんなこと、絶対許さない！」私の心は乱れていた。

フレディの話では、両親の学歴が高く、我が子にも立派な学歴を持たせようとしたのだが、彼女は反抗して、まるっきり勉強をしなかった。それに嫌気をさした親は娘を毒殺し

て優秀なアンドロイドを発注したのだと。

「何とか僕が処分しない方向で報告書を提出してみるよ。でも彼女の記憶だけは書き換えられてしまうだろう」悲しい言葉がフレディの口から出てきた。私の頭は真っ白になった。そして震えながら、

「そんな……、マリアに会わせて、お願い。記憶のあるうちに」と言うと、フレディは、

「分かった。許可を取ってみるよ」

マリアが玄関先で立っていた。

「マリア！」私は大声で走ってゆき、強くマリアを抱きしめた。

「ごめんね、今まで内緒にしていて。これ私のまとめたレポートよ」と私に手渡してきた。

「私のことを忘れないでね。私は忘れてしまうけど……」悲しい言葉が返ってきた。

「絶対忘れない！　今でもマリアは一番の親友よ」２人はまた強く抱き合った。

別れの時、何度も振り返った。彼女は手がちぎれるくらい大きく振っていた。

彼女のレポートは虫に関しての細かい内容が書き込まれていた。たとえ虫であっても生身の生き物に対しての憧れという想いが込められていたのだと思った。

半月後、彼女にばったり会った。老人福祉施設に勤めていた。私は思わず「マリア」声を掛けようとしたが、彼女は老人を乗せた車椅子を突きながら普通に私とすれ違った。私は悲しくて歩きながら涙がポロポロと零れ落ちていた。もうマリアから、私が消えている

ことに、強い衝撃だった。

（私は忘れないからね、いつまでも、マリア……）

シチュエーション（状況）

「さあ、今日からお休み！」３連休が私を癒《いや》してくれるような気がした。

「遅くなってゴメン。待った？」と焦ったようにフレディが玄関を開けた。私は、

「グッドタイミングよ。車は？」

「ああ、借りてきたよ、ちょっとレトロなやつ」自信ありげに返ってきた。

「どれどれ？」ドアを開けてみると、ツーシーターのオープンカーが止まっていた。

「わおー！　ステキ！」私は声が出た。

「だろ！　さあ、出掛けよう」

「うん！」天候も最高だった。助手席に座った私は、ふと、

「今時、オート運転の付いていない車って珍しいわね？」と言うと、

「ああ、これでもこのカペンタは昔、一世風靡《いっせいふうび》したこともある車さ。前から運転してみたかったんだ」嬉しさ全開で言ってきた。私はそんなフレディを見て、

「それが今回の旅行のメインってわけね？」と意表を突くと、彼は、

「そんなことないさ。あ、そうだ、まだ食べていないだろ？　一推しのモーニングがあるカフェだけど……」と誘ってきた。私は、

「行くいく！」二つ返事で返した。

その『カフェ南風』のモーニングは彼の言っていた通り、私を満足させてくれた。中央に大きく丸い暖炉が配置されていて、窓から海が眺められて絶景だった。私は、

「フレディのセンス、見直したわ」

「だろ！」嬉しそうに応えるフレディに、

「曲がったネクタイもね？」と付け加えた。

「ええ!?　あ！　早く言ってくれよう……」慌てて直していた。彼のそんなところも気に入っていた。

カーブの多い海岸通りの風は気分爽快だった、最高のドライブロードだ。

「この海岸線はまだプログラミングされていないから、車も少ないんだ」とフレディが漏らした。私も、

「ずっとしなくてもいいのに……」と思った。

「あと5年は大丈夫さ。ここからは山林道だ、この車にぴったりのカーブが続いている」

と嬉しそうに彼は言った。まるで男の子がオモチャで遊ぶように。

楽しい時間は早く過ぎ去っていった。夕方、予約していたホテルに到着。

「いらっしゃいませ」フロントで優しそうな受付の応対だった。部屋まで案内されて、無

事にソファーに体を沈めた。そしてフレディを見て私は、

「フレディ、どうしたの？　硬い顔して」

「ああ、ちょっとね」と不安の一言。

「何がちょっとよ？」と責めると、

「今の人、アンドロイドだった……」

「ええ!?　まさか……、でも」私がうろたえると、

「分かっている、今はプライベート。職業病ってやつさ、何もしないよ」と返ってきた。

「……」

ディナー中もフレディは時々アンドロイドを見ていた。でもそう思えてしまうのは私が彼の職業を知ってしまっているからかもしれない、と自分に言い聞かせた。

夜中、私が目を覚ますと彼が横に居なかった。起きてベランダを見ると彼が立っていた。

「眠れないの？」後ろから声を掛けた。

「ああ、ちょっと嬉しくてね。空を見て、星がきれいに見える」と言われ、夜空を見上げると、

「ワオー！　本当ね、良く見えるわ」と言いながら彼の腕に巻き付いた。

（そういえば彼の眠った顔を一度も見たことが無いわ……）もちろん、その言葉は心にしまっておいた。素敵な夜を乱すような気がした。

翌朝、ホテルを出た。笑顔で見送ってくれたのは、あのアンドロイドだった。フレディ

も笑顔で応えていた。私は彼の優しさを見たような気がして、不安が薄れていた。

　田舎道を走りながら、

「懐かしいな……」とフレディが言ったので、私が、

「ええ？　意外……」

「僕だって故郷はあるさ」

「どっぷりと都会に染まった都会人と思っていたわ」と私が言うと、

「確かに変わっちまったけどな？」

「あ！　そういえば、……段々と田舎っぽくも見えてきたわ」と冷やかすと、

「僕が？　冗談だろ？」と眉を曲げた、

「うふ……（本当であってほしいな）」

　田んぼ道でフレディが車を止めた。

「どうしたの？」

「ちょっと挨拶にね」

「誰に？」すると畑仕事をしている老婆を指差し、

「あの人」

「誰？」私の頭に？マークが浮かんだ。

「行こう」

　私は彼にエスコートされて連れて行かれた。

「こんにちは母さん」フレディの言葉に、

「え!?」私は急な展開に驚いた。

「はて、誰だったかのう？」老婆が言うと、

「え？」私には全くその先が読めなかった。

「フレディだよ、また忘れちゃって」

「この子は？」私を見ていた。

「彼女のジュリアだよ」と振られて、

「あ、初めまして、ジュリアです」頭の中は真っ白だった。髪の毛まで白くなりそうな気分だった。

「彼女を妻にしようと思っているんだけど」彼から出た言葉に、私は驚き、

「ええ!?（こんなシチュエーションで告白!?）」あとは何を会話したのか記憶に無かった。

「じゃ、また来るよ」と言って別れた。

黙って車に乗り、走り出した。私の頭はフリーズしていて、どう話を切り出せばいいのか思い浮かばなかった。

ドライブの時間が過ぎていくばかりで、時々横目で彼を見ると涼しげな笑顔……。

（私、どうすればいいのよ!!）と心の中で思いっきり叫んでいた。その気持ちを無視するかのように平然と運転を楽しんでいた。

ドライブから帰ってきても、なんて話していいのか。嬉しい気持ちと違う気持ちが行き来している。

父と母

「ジュリア、休みボケ？　休み明けから変よ」とクラスメートから言われたが、誰にも相談ができない。

（こんな時、マリアが居たらなあ……彼女なら笑い飛ばして何か答えをくれそうな気がする……）と思っていた。

あれから数日。

「今回は厄介な仕事でね、しばらくは会えないけど」とフレディから言われていた。

ニュースではアンドロイド排除のことが多くなってきた。私は（アンドロイドには罪は無い）と思っている。人間が自分の都合がいいからと作ったモノを今さら排除っておかしい。これは多分フレディも同感だと思っている。すでに介護施設では70％以上のアンドロイドが活躍している。文句も言わずにせっせと働く。AIの進化向上で人間の顔の表情まで把握して、患者の心理を読み取り、対処している。心のケアまでしているのだ。

「はあ……（今度、フレディに会うまでに掛ける言葉を考えておかないと、嬉しいことなのに気が重いわ……）」ため息が出ていた。

　ある日、テレビでアンドロイドを連行する映像が目に入った。

「え！　フレディ？」、ところが顔は全然違う。でも仕草がフレディにそっくりだった。

（いやだ、私ったら見間違えて）と思った。

　今回の事件は風俗店での大掛かりな取り締まりだと放送されていた。それは規模《きぼ》の問題だけではなく、アンドロイドがより人間に近づきすぎているという点だった。もう裸になってもアンドロイドと見分けができない現実が広がっているということだった。体までもが人間の欲求を満たしていると言うことだ。人工で造られた体でありながら十分な欲求を満たす体、自分にとって、それがどういう事態か、後で思い知ることになる。

「はあ、どうして時々体調が悪いのかしら？」。月に一回は診療所から紹介された小さな医院に掛かっている。不思議とそこに行くとリフレッシュになる。良くなるのだから、その時は気にはしていなかった。

　フレディに、

「私、この前の報道でフレディと勘違いしちゃった」と笑って言うと、笑わずに彼は、

「……どうして僕に？」と真面目に返ってきた。異様な彼に、私は、

「ん～、なんとなく動作の雰囲気っていうか……。どうしたの？　マジな顔して」

「いや、いいんだ。職場では同じ仕事をしていると似てくるのかも」言いつくろう彼に、

「そうかしら？　だったら同じ女学生は私と間違うの？」

「ああ、それは無いよ……、なんというか……その」と言いながら話題を変えた。

「ところで、何か忘れてないか？」この前の件だ。私は、

（来た！）と思って、

「あ〜む……。ちょっと卑怯じゃない？　あの手は……」と返すと、

「ああ……、あれでも精一杯考えたんだけど……。気を悪くしたのならゴメン」と弁解する彼に、私は、

「ん〜、悪くはないけど、良くもないわ。うまく言えないけど」と応えると、

「なかなか率直に言えなくて……」困った表情で言ったので、

「なら許すわ。返答はオッケーよ」笑顔で言うと、フレディがホッとした顔でキスを求めてきた。

結婚は私が学校を卒業したらということだった。フレディの家族は認知症の母一人だから承認されたということで。

「君の両親にも報告しないと」

「そうね、卒業前には話すわ」心は躍っていた。

次の休みに実家に帰った。母が、

「久しぶりね、どうしたの？」言葉に、

「え？」

「いつもより元気そうだから。何かいいことでもあったの？」

「ちょっとね（ママの勘ってすごい……）、お父さんは？」

「今日はゴルフに出掛けているわ、もうすぐ帰ってくると思うけど。珍しいわね」

「どうして？」と聞くと、

「あなたがお父さんのことを気にするなんて？」

「（う、鋭い！　何でも見抜かれそう……）あ、部屋に行ってるね」

「少しは自分で片付けてね」

「はいはい」

部屋に入って、思ったのは意外と懐かしさが湧かない。ふと壁に書かれた傷に目がいった。

「これは？　身長の記録？（どうしたのかしら、記憶に無いわ……）。そうだアルバムを見てみよう、彼にも見せたいし）」棚に並んだアルバムに手を掛け、思い出が途切れ途切れである事に気付いた。まあ過去の記憶というモノははっきりと覚えてはいないのだろうけど、あいまいな記憶ではなく、覚えている記憶ははっきりと思いだす。

（なんか妙な感覚……）アルバムを見た記憶が無い。見てはいけない衝動に駆られる。

「（何だろう？）あとにしよ……」

「ジュリア？　ジュリア？」母の声だった。どうやら眠ってしまったらしい。

「お父さんが帰ってきたわよ、夕食にするから手伝って」

「うん」

父はマイケル、母はマサコ。二人とも仲がいい。夫婦喧嘩をした記憶が無い。

「最近、帰ってくる回数が減ってきたな。休みに何をしているんだ？」父に聞かれ、

「あ～、宿題やら、レポートのまとめとかで……」私のあいまいな返事に、

「そうか、ちゃんと勉強しているならいいが、どうせ友達と遊びに行っているのだろ？」

と返ってきたので、

「んん、ちょっと息抜きにね……」

「どうした？　浮かない顔をして」父も鋭い。

「学校の一番の友達がアンドロイドだった……それで……」話し出すと、

「……」二人とも返事が無かった。

（私、何かマズイこと言ったかな？……）

ちょっと話が途切れて父が、

「で、その子は？」と聞いてきた、私は、

「処分はされなかったけれど、私との記憶が消されて……」と言うと、父が、

「そうか、友達が……。辛かっただろう？」

「……うん」見ると父と母も涙を流していた。

「(こんなにまで私のことを想ってくれているんだ。私がメソメソしていたんじゃ……)

でも、私は大丈夫よ」笑顔で言うと、

「そうか、それならいいが。息抜きにいつでも帰ってくればいい」優しく言ってくれた。

私は、

「うん(彼のことはまだ言えないな……)」今回は彼の話を諦めた。

恐怖のランプ

またニュースでアンドロイドの連行が報道されていた。

「昨日のニュースを見た？　優秀な学生の6割がアンドロイドじゃないかって……」と話題が持ちきりだった。私は自分も後ろ指を指されているのじゃないかって不安になってきた。

ある日、フレディに私は、

「ねえ、私ってアンドロイド？」

「え!?……何を馬鹿なことを言っているんだ？」少しの間が気になったが、

「……よかった」と言う私に、

「どうしてそんなことを？」

「だって……」現状を考えると、どうしても自分もと思う。それを察してフレディは、

「君は安心していいよ、僕のお墨付きだから」

「うん」少し安心した。

「今日、ちょっと付き合ってくれないか？」少し彼の言動も気になったが、

「どうしたの？　改《あらた》まって。私はいいわよ」

「じゃあ出掛けようか」と彼が言う。私は、

「何処へ行くの？」と聞くと、

「知り合いの病院さ」と返ってきた。

「病院？」

「ああ、ちょっとした僕の検査にね」

「検査？……」また不安になってきた。

外見は古びた病院だが、中の設備は別世界だった。未知の機器が沢山。

「ここは？」私が聞くと、

「僕の行きつけの病院さ」と彼が言うので、

「行きつけ？　どこか悪いの？」私の問いに、

「精神科だよ、どうしても自分の仕事が嫌になる時、ここで診てもらうんだ」と言う。

「そう……、でもどうして私を？」

「君も不安そうだったからさ、診てもらうときっと心も晴れるよ」と言ってきた。

「……私は遠慮しておくわ」と断った。

モニターには緑：人間、赤：機械、の判別するランプもあった。とても怖かった。

（もし、赤が点滅したら……）考えただけでも恐怖だった。

フレディが診察室で頭に沢山配線された物を装着し、スキャニングする機械に横たわった。私は自分のことのようにドキドキしていた。

（もし彼が機械だったら……）と要らぬ思考が頭をよぎった。

スキャンが終了してもランプはすぐに点灯しなかった。不安が大きく膨らんでいった。

（お願いだから緑のランプよ、点いて！）と両手を組んで祈った。

間を置いてパッと点いたのは緑のランプだった。

（ふ～……、心臓には良くないわ、この機械……。でも良かった）胸をなで下ろした。

フレディが人の心配をよそに、

「どうした？　顔色が悪いけど」

「フレディが意地悪するからよ……」

「ええ？　僕が何を？　とにかく君も診察してみたら？」と軽そうに言ってきた。

「ええ!?……いやよ」と断ると、

「どうして？」

「だって……」嫌な予感が働いた。

「何か不安なことでも？　君が不安になるなんておかしいよ」と笑みを浮かべながら言っ

た。

「でも……」私の表情を見て、彼は、

「心配いらないよ。診てもらえば君の不安も消えるんじゃ?」

「あ……(どうして不安って分かるのかしら……)。分かったわ」私は意を決してベッドに横たわった。

「力を抜いて楽にして」と機械を操る医師が言った。フレディも、

「大丈夫さ、君なんだから」と笑顔で言っていた。

(なによ、人の気も知らないで、その笑顔に……)ちょっとムカついていた。

ウィ～ン……。

機械の音が不気味に聞こえた。

スキャンが終わったが医師がすぐに来なかった、フレディと話しているようだ。

ドキドキ……。

心臓の鼓動を感じていた。

(このドキドキ感、私は……)

しばらくして医師が装置を外してくれた。私は急いでランプを見に行った。

「緑……」涙が出てきた。

(涙も出ているわ……)人間であると。

「どうしたんだい?」と言うフレディに私はしがみ付いた。

「私、わたし……、うう……」

「大丈夫、君はいつまでも僕の女神だよ」

「フレディ！……」私は子供のように泣いていた。

その後、私の不安は消え、有意義な学生生活を過ごしていた。でもクラスメートの4分の1が姿を消していたが、4人に1人がアンドロイドだってことになっているとは思っていなかった。その時は……。

私

このところフレディも忙しくてなかなか会う機会が少なくなっていた。

「今日もダメなの？」私が聞くと、

「ああ、人手が足りなくて。ごめん」

「謝らなくてもいいのよ、ただ、体が心配」

「ありがとう、必ず時間を取り戻すから……」その言葉を信じて、

「……うん」

フレディの話では内容は言えないが、大きなプロジェクトがあるという。アンドロイドの取り締まりで人口がかなり減ってしまっていたことが大きな社会問題になっている。ア

ンドロイドの占めていた割合が予想をはるかに超えていたのだ。

工場でも単純な作業をしているのは人間でＡＩが現場で指示しているという現状、これは工場だけではない、農業にも広がっていた。考えてみればサービス業でも活躍しているアンドロイドだ、産業にもならなくてはならないモノなのだろう。

ある日、実家に帰った時、部屋に有ったアルバムに手を伸ばした。この前の診断が勇気を後押ししてくれたのだろう。

アルバムには幼い頃の私が収《おさ》まっていた。だが記憶が無い。途切れ途切れで思い出すが、それは自分から見た記憶ではなく、第三者から見た記憶だ。まるでビデオを見ているような感覚の記憶。

（どういうことなの？）

母が部屋に入ってきて、慌てたように、

「すぐに片付けなさい、御飯よ」とちょっと強い口調で言ってきた。

夕食、私の好きなハンバーグとトン汁だった。

「いただきまーす（美味しい、美味しく感じる。やっぱり私の考え過ぎかな？）」

学校の体育の授業で得意とするクラスメートが転んで膝をすりむき、私が、

「大丈夫？」と駆け寄ると、その子はすぐに傷口を隠した。押さえた傷から流れてきたのは血液ではなく、白い液体だった。彼女は、

「見ないで！」と言った。

教師が連絡してすぐに連行されていった。

（まさか、あの子まで……。私も血が通っているかしら？）大きな恐怖が私を包み込んだ。

（そういえば、私は自分の血を見た覚えがないわ……）段々、恐怖がエスカレートしていった。もう自分で止められなかった。

トイレに入り、工作に使用していたカッターを取り出した。左手の裾をまくりあげて、手首に震えるカッターを持っていった。

（私は人間よね）恐怖に追い込まれていた。カッターで切りつけると赤い血液が勢いよく出てきた。

（良かった……私は……）私の気持ちは限界を超えて気を失ってしまった。


気が付いたら病院のベッドに寝ていた。

「なんてことをするんだ！」フレディだった。

「だって私……ごめん」

「もう分かっただろう？　自分を信じろよ」叱られて、

「……うん」涙がポロポロ。フレディが、

「両親も一晩中泣いていたぞ」言ったので、

「来てるの？」と聞くと、

「今さっき体を休めに帰った。一休みしたらまた来るだろう。連絡して呼ぼうか？」

「しないで、休ませてあげて。……でもフレディがなぜここに？」質問する私に、

「それは……、居ては駄目か？」別の答えが返ってきた。

「居て、そばに居て」

「分かったよ。もう少し眠るといい」と握った手を放さなかった。私は安心したのか、意思に逆らったように深い眠りに陥《おち》ってしまった。

再び目を覚ますと今度は両親の顔だった。

「大丈夫かい？」母が言う。

「母さん……」父は黙って手を握っていた。何も言わなくても心配してくれていることは痛いほど伝わってきていた。

「あ、……彼は？」と聞くと、返ってきたのは、

「ああ、いい青年だな」父は笑みを浮かべて言った。

「でも、どうして？」私の質問に、父から、

「知りたいかい？」返ってきた。

「……」私は彼と両親の関係を知っていいのか不安になった。

「あとでいいわ。……ごめんね」母が、

「いいのよ、今は何も考えずに休みなさい。母さん達も、あなたの苦しみに気付いてあげられなかったわ。早く元気になってね」

「うん……」目に映る点滴が私の心を落ち着かせた。

（やっぱり人間だ……私）改めて思うのだった。

中　指

「ジュリア、大丈夫？　あんた意外と繊細なのね？」クラスメートの劣等生アユミが声を掛けてきた。

「意外って……」

「意外だから意外って言ったの。現状でも人間が少ないって言うのに、人間が自殺していたら、益々人口が減少していくわ」劣等生には似合わない正論だった。

「はあ……」

「本当のところ、あんたも機械と思っていたわ。ごめんね」正直な言葉に、

「はあ……」

「〝はあ〟しか言えないの？　機械じゃないんだから」注意された。

「はあ……って、ごめん」言い直すが、

「本当に大丈夫？」

「大丈夫……です」私の返事を聞いて、彼女は、

「ふ～……。って、あんたを救いに抱いて行った彼、いかしているじゃん。あたしにも紹

介してよ〜」意外な言葉が飛び出た。

「ええ？　どういうこと？」

「ええ⁉　あんた本当に覚えてないの？　てっきり知り合いだと思ったわよ。損した〜」

私が、

「ああ、よかったら、その時のことを話してくれる？」聞くと、アユミは、

「ええ？　やだよ〜。なんであんたのいい想いを話さなきゃいけないのさ？」機嫌を損ねるような表情で言ったので、私が、

「ランチおごるから、お願い！」アユミは、

「あのね……」すんなりと語り始めた。タフそうな彼女もランチには、めちゃ弱い様だ。

彼女の話によると、男性がいきなり大学にあわただしく現れ、

「ジュリアは何処ですか？」と教員に問い合わせたらしく。私のことを一番早く気付いたのは彼だということになる。

「うらやましいけど、愛の力って神秘ねえ？」とアユミが言うので、私には不可思議で、

「どうして私のこと……」するとアユミが、

「赤い糸っていうやつじゃない？　さっ、ランチに行こ」現実に引き戻した。

「う、うん……」

食堂でランチを食べながら、

「ねえ、本当にどうしてだと思う？」私の問いに、

「モグモグ、ん～……嫉妬《しっと》する人はよく相手の車やアクセサリーにGPSを仕込むって言うじゃない？」彼女は食べる口を止めずに喋っていた。

「嫉妬って、とてもそんな風にはみえないわ」

「モグモグ、あ、それ食べないのならあたしにくれる？」私のハンバーグを指差した。私は、

「あげるから本気で考えて！」と言うと、

「分かったわよ。でもいくら彼氏でも男を信じるのはどうかな？　特にハンサムは」と返ってきた。私は不思議な言葉に、

「なんかあったの？」するとアユミが天井を見上げながら、急に、

「そう、星の数ほどね」と意味ありげに言った。

「はあ……」

「無い方がおかしいわよ、特に今の世は……。現にあんたが自殺なんて誰が想像できた？」まともな言葉に、私は、

「はあ……」

「でしょ？　それに〝はあ〟だけの返し言葉はやめて」

「は、……はい」返事を直した。彼女の、

「なんか彼からプレゼントされたアクセサリーとかは？」質問に、回答できなくて、

「別に……」と私が応えると、アユミは、

「何もないの？」アユミの問いに、考えて出した言葉が、

「キスくらいかな？」応えると、

「殺すわよ！　あたしに対しての嫌がらせにしか聞こえないわ」と中指を立てた。

「あ、ごめん。あ、そう。この指輪」私が見せながら言うと、

「……」呆れた顔で無言だった。そして、食べ終わると彼女は席を立ち、

「あたしにはあんたの〝幸せ〟の2文字しか浮かばないわ。ランチもお話もご馳走さん」

と言い残し去って行った、

「はあ……」その時の私の頭は？マークが、彼女の心理を理解していなかった。

依　頼

フレディに問い詰めたいが最近、更に忙しくなってきたのか、会う機会がまた減っていった。

（この手首を切ればフレディが来てくれる……）手首の傷跡を見ながら、

（また馬鹿なことを考えているわ、私。……でも知りたい、父さん母さんに聞いても涙を流すだけで答えてくれなくなったし……なんか真実が怖い）その時、横から、

「あんた、手首を見て何を考えているのさ。繊細なのか単純なのか、はっきりしない性格

だねえ？」またアユミだった。

「最近、彼に会えなくて……」と応えると、

「はいはい、あたしにはその状況がうらやましく聞こえるけどね」と言って離れようとするアユミに、私は、

「ああ……。まだ解決していなくて」するとアユミは、

「イケメン王子様の真相を暴いてどうするのさ？　メリットとデメリットのどっちが大きいか、分かっているでしょ？」痛いところを突かれた。それでも私は、

「……確かに、でも……」その言葉に、

「それでも真実を知りたい？」とアユミが急かすように言ってきた。

「……」私は答えに迷っていた。

「あ～あ、手のかかる子だねえ？　あたしは知らないよ？　また手首を切りたくなっても」きつい言葉が返ってきた、でも私は、

「……うん」

翌日、ウジウジした私とは対照的な行動力のあるアユミの紹介で探偵を紹介してくれた。

「探偵のケイジです、宜しく」トレンチコートに身を包み、いかにも怪しそう。

「宜しくお願いします」

「ジュリア、彼は元々優秀なアンドロイドバスター出身よ。顔はイマイチだけどね」アユミは誰に対しても辛口発言だった。

（アンドロイドバスターって……）

「アユミ……、まあいい、アユミの紹介だから費用はお安くしておきますよ」探偵の言葉に、

「探偵料金に相場は無いものね？」とアユミは更に突っ込んだ。ケイジは、

「……まあいい。ところで君の彼の真相を知りたいってことなのだけれど、どこまで知りたいのかな？　最近、よくある仕事でアンドロイドではないかって言う依頼が多くて」するとまた、

「それであんたは儲けているんでしょ？」アユミの突っ込みに、探偵は、

「まあアユミのようなタイプは調べなくても品の低い人間だってことは明白だがね」

「ちょっと、言ってくれるじゃない！」アユミに負けていなかった。更に探偵は、

「ここまで品を落とすと機械にした意味が無いからね」とどめを刺すように言うと、

「分かったわよ、あんたの勝ち。さっさと仕事始めて」とアユミは手を上げた。私は、

（アユミを抑え込むなんて、この人もすごい）と思った。

「ここからはプライベートだから……」探偵の言葉に、

「はいはい、分かりました、消えればいいんでしょ？」アユミは退散するように、その場を離れていった。去って行ったのを確認して、

「さて、君の知りたいわけを聞きましょう」と言うと右手がタブレット端末に変身した。

「え!?　あの……」

「心配はいらない、わたしはサイボーグでね。もう君の情報をインプットしている」タブレットには私の顔写真が依頼人として納まっていた。何だかマズイ状況に陥《おちい》る気がした。

「右腕が完全な機械でね、サイボーグ化されている。色々あってね、右腕を無くしたのだよ。よかったら詳しく話してくれないか？」とケイジはたんたんと話した。

「彼の名前はフレディです」

「フレディ?……」一瞬だが止まった。

「どうかしましたか？」

「いや、先を聞こう」

私は手首を切り、彼が一目散に駆けつけてきたことを話し、彼もアンドロイドバスターであることを話すと、彼の表情が変わったように感じた。なんかフレディを暴くようで、後ろめたい衝動に駆られた。

「分かりました。でも両親に聞いてみては？　何かをご存知のようですが」

「怖くて聞けないの」

「ああ、少し時間をもらいますよ。アンドロイドバスターのメンバーの情報はシークレットですから。彼らの身を守る為です。逆恨みが多くてね、いつ命を狙われるか分かりませんから」私は不安感を抑えて黙ってうなずくだけだった。

講義

「どう？　ちょっとは気が晴れた？」アユミが後悔気味に落ち込んだ私に声を掛けてきた。

「あ〜む……」迷いのある私を見て、

「だから後悔するって言ったのよ。やめとく？」と言われ、

「止めないわ、とにかく彼を信じてる、信じたいの」自分に言い聞かせるように言うと、

「信じているなら……。やっぱりあんたはややこしい人間だわ」

「だって……」髪先をいじりながら答えられなかった。

「いっそのことあんたが迷いのないアンドロイドだった方が良かったかも？」きついアユミの言葉に、

「はあ……（そこまで言わなくても……）」

数日後、探偵から連絡があった。

「お待たせいたしました、中間報告です」私はつばを飲み込んだ。

「時間をお取りしていますので途中経過をお伝えします」ケイジの話だと、現在バスター関係の情報が何か大きなプロジェクトでシャットアウト状態だと言う。それでも知人の話ではフレディが何らかの理由で特別捜査官であり、彼の本質を知る者が居ないのだそうだ。

そういった特別捜査組織に入っているメンバーの素性も明かされていないということだった。只この組織、アンドロイドも存在するとの情報も入ってきている。それを聞いた私は、

「え？　どういうことですか？　アンドロイドがアンドロイドを捕まえるってことですか？」

「まだ確かな情報ではなく、わたしも驚いているところだよ。確かにわたしのようにサイボーグ化されている者が多く、区別がつきにくいというのも事実だが」その言葉を聞いて、私の脳裏にテレビで見たフレディ似姿の場面が浮かんでいた。

「何か気になることでも？」と質問され、

「あ、いえ」と返した。

「申し訳ないのですが、もう少し時間を下さい。わたしには大きなプロジェクトの方が気になりまして、ついついそちらに気を取られてしまうのです。それと関係ありませんが、あなたのこともお受けした内容からちょっと調べさせてもらっているのです」意外な言葉に、

「私のこと？」

「ええ、ちょっと引っ掛かることがありまして」

「何ですか？」問いに、ケイジは、

「まだ途中ですし、捜査のメインではありませんので時間を下さい」と言いながら右手のタブレットをしまった。

「……分かりました」

　フレディと久しぶりに会ったが彼と目を合わすことができなかった。

「どうしたんだ？」やっぱり気づかれた。

「どうって？」

「んん～、なんかいつもと様子が……、何かあった？」と聞かれて、

「別に……。お仕事はどうなの？」

「ああ、大詰めだけれど……」どうしても後ろめたい気持ちが出てしまう。

「そう……」と応える私に、

「まだ、この間のこと（手首）を気にしているのか？」彼が言うので、私は、

「もう大丈夫……」

「ならいいけど、あまり妙なことで思いつめるなよ」フレディの言葉に、私は、

「うん」益々後ろめたい気持ちが膨らんでいった。彼が、

「君の両親と面識もできたし、良かったと考えればいいよ」と言うので、私は、

「あ、うん（そうだった）」一番大事なことに気付いていなかった。彼と両親の繋がりを。

「あの、どうして私の両親を？」凄く勇気がいった。心臓の鼓動が速くなるのを感じていた。

「んん……、どこから話そうかな」それを聞いて、私は、

「え？　そんなに長いの？」と問うと、

「ま、そのうち」と言って彼は出て行った。

（いったい、いつからの付き合いなの？）私は踏み込んではいけないエリアを感じた。私は今まであまり過去の思い出について考えたことはなかった。でも何かを感じる、過去が大きく関係していると。

　教室で、

「ちょっとは進展しているの？」声を掛けてきたのはアユミだった。

「中間報告はしてくれたけど、難関のようで……」

「ふ〜、探偵の言うことなんて、あまり信用しちゃ駄目よ」アユミの言葉に、

「え？（紹介してくれたのはアユミじゃない？）」

「ま、その様子じゃ時間が掛かりそうね。でも、じらすのも作戦かもしれないし？」

「アユミ（あなた、どれだけ裏切られてきたの？）」するとアユミが、

「ん？　どうかした？」

「いえ、何でも……」ぶっちゃけ話ができない私の性格が言葉を止めた。

「ところで随分とクラスメートも減ったわね。前は先生がスピーカーで怒鳴っていたのに、今は地声で聞こえるんだから。まあ、どちらにしても、あたしの耳には入らないけど」と言う言葉に、

「（いったいアユミは何の為に通っているの？……）ねえ、次のレポートを仕上げてる？」と聞くと、

「ああ」意外な軽い返事に、

「え!?」

「あんなの先生がまともに見ちゃいないだろうから、コピペで十分よ」と軽く言う。

「はあ……」

「頑張っているあんたは何を目指しているのよ?」その質問に、

「あ～……」答えられなかった。

私は何のために生きているのか、そんなこと考えたことが無い。でも私は生きている。でも私って何? そもそも一つ一つの生きた細胞がくっついてできている私。だいたい私の意志をつかさどっているのは細胞の塊《かたまり》から編み出された考え? どの細胞の意志? 生きているってどういうこと? そもそも魂《たましい》って?

「ちょっと、あんた、先生から指名されているよ!」アユミの言葉に私は慌てて席を立ち、

「え? あ、はい……。すみません……」謝るしかなかった。アユミの、

「あたしよりひどいんじゃない?」言葉に、

「はあ……」益々、顔面の血流が激しくなっていた。

突然の訪問者

通学からマンションに帰ってドアを開けようとしたら、後ろから、

「すみません！」と声を掛けられた。

「はい？」私が振り向くと、

「今、怪しい男につけられているの。少しの間かくまっていただけませんか？」私と同じくらいの女性だった。

「いいですよ……、でも警察に連絡しないと」と言うと、

「それだけはやめて下さい。お願いします！」

「はあ……、とにかく部屋に」ドアを開けた。

「ありがとうございます」彼女を部屋に入れた。落ち着かない様子で震えながら窓を見ていた。余程怖い目にあったのだろう。

「とにかくここは大丈夫だから、コーヒーでも入れるわ」私が言うと、

「はい、ありがとうございます」そう言いながらも、窓から目を離さなかった。私が、

「コーヒーよ、ミルクとお砂糖は？」

「あ、要らないです。ありがとうございます」

「私はジュリアよ」と言うと、

「あ、私はミワです、すみません」

「いいのよ。ここなら大丈夫よ、詳しく聞かせて?」とは言ったが、彼女は、

「ああ……」気が動転しているように見えた。私は急かさず、

「分かったわ、無理に話さなくても」と言うと、

「ありがとう、私は今でも頭が混乱していて、どこから説明していいか……」私は彼女の様子を見ながら、

「ん、話せる限りでいいわ。別に世間話でもいいのよ?」柔らかく話した。

「助かるわ、ほんとに」少しずつ彼女も落ち着いてきたみたいだ。

コーヒーをいれて机に置くと、彼女が口を開きだした。

「今の私はどう見えますか?」と単純な質問だった。

「どうって、私と同じ普通の女性だけれど……」と言うと、彼女が、

「ありがとう」その言葉の意味がまだ分からなかった。

「私、今まで人間だと思っていた……」口を開いた言葉だった。それを聞いた私は、

「え?」

「でも、違うかもしれない……」と返ってきた。私と同じ悩みと想い?

「どういうこと?」と聞くと、返ってきたのは、

「ロボットかもしれないの……」

「ええ!?　何か思い当たることがあるの？」

「私の主治医が姿を消したわ」無意味な言葉に、私は、

「主治医が？　それとどういう関係が？」彼女は重そうに語り出した。

「主治医はサイバー医だったことが判明したの。患者は次々とアンドロイドバスターに連行されていっているわ。私もその一人かも……怖い！」また震えだした。私は傷つけないように、

「アンドロイドバスター……。自分がロボットだって思い当たることがあるの？」

「まったくなかったわ……」

「……じゃあ、まだ決まったわけではないのね？」落ち着かせるように言った。

「でも見張られているの。きっとアンドロイドバスターよ、間違いないわ……」と言う。

「ああ……（私とどこか似ている、他人事とは思えない……）。私が外の様子を見てくるわ、待っていて」彼女は両腕を体に巻きつけて、震えるように小さくうなずいた。

　玄関のドアの覗き窓から見るとフレディの顔が見えた。

「ひっ！……（どうしてこんな時に？）」私の反応に彼女も反応した。

「い、居るの？」

「ああ～」私はどうしていいのか分からなかった。次の行動が思いつかない。その時、
　ピンポ～ン。

　無情と想える音が部屋中に響き渡った。私もパニック状態で、

「は、早く、クローゼットに隠れて！」と小さいが強い口調で彼女に言った。彼女は細かくうなずきながらクローゼットを開けたが緊張で立ち止まっていた。私は、「早く！」と言いながら彼女をクローゼットに押し込んだ。

ピンポ～ン。

今度は急かせるような音が響き渡った。

「ちょ、ちょっと待って！」彼女のカップと靴を隠した。

ドアを開けると、

「居たのか？」いつものフレディが立っていた。

「あ、ちょっとレポートで疲れて寝ていたの……」自分でも不思議にフレーズが出てきた。

「起こして済まないな」

「いいのよ、今から出掛けようと思っていたの」彼を部屋に入れない口実だった。

「どこへ？」の質問に、

「ああ～……夕食の……」

「そうか」

「どうしたの？　急に」今度は私から問うと。何かを隠すように彼は、

「いや、ちょっと近くまで来たものだから、別に用事はないのだけれど」

「近くまでって、お仕事？……」

「んん、君の顔が見たくてね」

「本当？　口がうまいんだから……」

「本当さ、でも顔を見て安心したよ、行かなきゃ」と言ってキスをすると、

「また」彼は無事に行ってしまった。

「ふ～……」見送ってドアを閉めた。クローゼットに駆け寄り、扉を開くと彼女は膝を抱えて固まっていた。

「行ったわよ、彼氏だったわ」彼女は目を丸くして、

「アンドロイドバスターではないの？」

「ああ……、確かにバスターだけど……、まさか？　あなたを追って？」首を縦に細かく振りながら、

「間違いないわ……」と返ってきた。私もその場に座り込んだ。

外も暗くなり、彼女は、

「有難うございました」

「いいのよ、元気でね。また会いましょう」

「はい……」だけどもう二度と会えないような気がした。

２日後、フレディが来た。

「この前は済まなかった、急に来て」と言う。

「構わないけど、またどうして？」と聞くと、

「それは……」と言い掛けた時、私が、

「ある女性を追っていたとか？」と言うと、

「ええ!?……」表情が一変した。

それ以上は問わなかったが、とてもショックだった。でもそれよりショックなことがあるとはその時には想像してはいなかった。

ハート・ブレイク

ある日、世界中に衝撃的なニュースが走った。なんと信頼の高かったローラ大統領がアンドロイドであったと報道され、この世の誰を信じていいのか分からなくなっていた。フレディとの連絡も途絶えてしまった。一番頼りになる人が居ない不安を抱えて両親の家に帰ることにした。学校も閉鎖されていたからだ。

公共の場は閉ざされ暗雲が立ち込めていた。何処へ行ってもアンドロイドの話でもちきり。只、実家の両親は口にしなかった、その話題を避けるように話していた。それが余計に私の不安を大きくしていた。たまらず私は、

「ねえ、私達、どうなるの？」と切り出した。両親は、

「それは……」答えは返ってこず、会話は途切れ、マズイ雰囲気が漂った。それでも私はフレディとの関係を問いただした。

「それは……、彼から近いうちに正式な話が出るだろう。それまで待ってくれ」と父が口を一文字に閉ざした。

（フレディから？……）

モヤモヤした数日が過ぎ、例の探偵からのコンタクトがあった。近所のカフェで落ち合い、私は、

「どうでした？」と聞くと、間を置いて、

「……真実と言うのは、時には残酷というモノで……」話が如何《いか》にも重そうに言うので、私が、

「どういう意味ですか？」聞き直すと、探偵は意味深いように、

「言葉のとおりです。これから話すことにあなたはまともに向き合えることができるでしょうか？　心配です」私はツバを飲み込み、

「お話ししてください、お願いします」と姿勢を正し、答えた。

「分かりました。まずは彼のことからお話ししましょう。彼は……」私の鼓動が高鳴った。

「アンドロイドの可能性があります」怖い言葉を耳にした私は泣きそうになり、

「本当ですか？……」と聞き返した。

「可能性です。最近、バスターも人手不足で、頭と体の入れ替えや、脳をＡＩ化する傾向も増えてきているようです」私はあのテレビニュース映像が頭に浮かび、気絶しそうになった。

「大丈夫ですか？　まだ、ほんの一部ですよ？」と言って探偵が紅茶を口にしてから、「無理は禁物です」と、ためらうように言った。私の意思とは別に涙がポロポロと出てきた。探偵は急かすことなく、乱れている私が整うのを静かに待っていた。

（彼がアンドロイド？　まさか……。ほんの一部って……どういうこと？）私の頭はパニックで思考力零《ぜろ》の状態だった。思考力とは別に私はグラスの水を一気飲みしていた。

「ゴホッゴホッ……」私が咳き込んでしまった。すると、

「大丈夫ですか？　しかし良くできている……」探偵が私を見ながらボソッと漏らした。

私はその言葉に引っ掛かり、

「……どういう意味ですか？」と尋ねた。

「いや、何でもないですよ。……先を進めますか？」濁《にご》すように返ってきた。

「ゴホッ……お願いします」

「彼は初めからアンドロイドではなかったようです。あくまで憶測ですが、わたしのようにサイボーグになり、後々アンドロイド化されているケースが多いのです。彼も履歴上はサイボーグですが、たどって調べてみると大きな事件の後、この世から消えている経歴が見当たりました」探偵は淡々と語っていった。同じ事例がいくつもあったように。

「ちょっと待ってください。彼は死んでいるってことですか？」

「可能性はあります」それでも私は、

「確実な情報ですか？」と聞くと、

「100%とは言えませんから、信じる信じないは、あなたがお決めください」とクールに返ってきた。落ち込んでいる私にさらに重い荷物を背負わせるフレーズだった。

「ああ、少し待ってください。（この情報は100%じゃないわ、でも、もしそうだったらなんて……私には考えられないわ……）」

「彼のことが余程好きなのですね？」探偵の言葉に、私が、

「いえ、愛しています！」と応えると、

「愛？……う〜む……」考え込む姿に、

「何かおかしいですか？」と尋ねると、

「いや、あなたがそう思うなら、そうでしょう……」また、にごす様なフレーズだった。

「この先を聞かれます？」念を押すように言ってきた。

「……聞かせてください」

探偵の話によれば、5年前に大きなアンドロイドを取り締まる事件があり。麻薬密売組織がアンドロイドを利用して大量の大麻を運ばせていた。手荷物に入れずに、体の一部を改造して、その一部に隠していたのだった。違法に銃器を装備していたアンドロイドとの応酬になり、多大な人材を失ったそうだ。その一人にフレディの名が記されていたという。

「……そんな」私は落ち込んだ。

「まだ話は終わっていないですよ。彼と両親の繋がりだが、大きなプロジェクトに深く関わりがありそうでね」話は続く。私はプロジェクトという言葉をフレディから何度も聞い

ていたので、私が、

「どういうことなんですか？　プロジェクトって何なのですか？」と聞くと、

「プロジェクトの詳しいことはシークレットなので、ここで話すわけにはいかない。只、あなたの家族のことは伝えるべきか迷っています」と言って残りの紅茶を飲み干した。

（まだこれ以上のショックな情報があるってこと……、耐えられないわ）

「お聞きになりますか？」

「……」私は返事ができなかった、これ以上の情報が、頭で整理できる自信がなかった。

「なら、今回はこれぐらいにしておきましょう。心の整理がついたらご連絡ください」

私は部屋に閉じこもり、あふれる涙を拭っていた。彼と家族の真相より、彼がアンドロイドだったということだけでも、大きなダメージだった。

（私はロボットを愛していたの？　もうどうしていいのか分からない……。このままじゃ彼に会えない、会いたくない。もう愛せないかも……）私の心は大きく引き裂かれていた。しかも家族にさえ大きな秘密が残っている。私にとって、とても大きなハート・ブレイクだった。

機械よ！

数日経ってもフレディからの連絡は無かった。そんな時、アユミから連絡があった。

「今、暇？　あたし暇、講義も退屈だったけど、全くないのも気が抜けちゃうわ」とお誘いがかかった。

カフェで待ち合わせして行くと、もう来ていた。

「久しぶり、元気してた？　って、元気は無さそうね」鈍感なアユミでも分かるくらい落ち込んで見えたのだろう。

「例の探偵、いい情報じゃなかったみたいね。だから言ったのに……。ランチ食べる？」

「私は要らないけど、おごるわ」と言うと、アユミは上機嫌に、

「やり～！　って、落ち込んだ原因は？」

「アンドロイドかもしれないって……」すると、アユミが、

「ええ!?　あのイケメンが？　あんたにゃー悪いけど、紹介されなくて良かった……。冗談よ？　それでどうするの？　このまま付き合うつもりはないのでしょ？」結論が出たように言う。

「はあ……」返事をすると、

「あ～ん？　迷ってんの？　相手はロボットだよ？」今度はイライラ気味に言うので、

「そういう言い方をしないで！」すると、アユミも、

「……分かったわよ。でもこのままってわけにはいかないよ。早いとこ決断しないと」

「でも……私は……」

「愛の力っていうやつね？　あたしなら即決！」と中指を立て、

「今まで、だましていたのよ。第三者のあたしでさえ腹が立つわ」今度は結論を急がした。

「……何か理由があるのかも……」

「だったら、探偵に聞いとくべきね。あたしならそうする。頂くよ」アユミはスパゲティを、音を立てて強引に吸い込んでいた。

アユミの考えも一理はあると思い、探偵に連絡した。

「少しは心の整理がつきましたか？　いいでしょう、続きを話しましょう」

探偵はハットを外し、

「先ほど、新しい情報も入りました。それで、大丈夫ですか？」確かめるように言ってきた。

「ええ」

「あなたの家族についてですが、デジタル戸籍の修正がされていまして」意味不明の言葉が飛び出した。

「修正？」

「そうです、5年前に一度、デジタルだからこそできるように、書き換えられているのです。でも書き換え時に発生するデータを見つけました」まだ私には理解ができなかった。

「どういうことですか？」

「航空機事故で全員亡くなっているのですよ」意味不明な言葉に、

「え!?」

「そして3年ほど前から存在しています。私も驚いたのですが、乗客の大半が同じように復活していました」

「……復活って？」

「ここまで言えば、もうお分かりでしょう？　衝撃的な内容ですが……。もちろん、このことは内密にしておきます。それと彼との関わりですが……」続きは耳に入らなかった。

（私達家族がロボット……）私の体は重心を失ったかのように、長椅子に倒れ込んだ。

「ジュリア、ジュリア、大丈夫か？」目に映ったのはフレディだった。探偵は姿を消していた。

　フレディが抱きしめていたのを私は振り払い、

「近づかないで！」と叫んだ。

「どうしたんだ？」摑もうとするフレディの手を払いのけながら、

「もう何もかも終わりよ！　私はこの世に存在しないの！　あなたの存在はどうなの!?」

私は狂ったように声を上げた。

「……そういうことか……。いつかこの日が来るだろうと思っていたが……」フレディも座り込んだ。

「あなたは何!?　私は何!?　いったいどうなっているのよ!……私は……何なのよ!?」するとフレディが、

「僕達はロボットだ……」と小さく口にした。

「ロボット……」顔面の血流が引いていくのが感じられた。

「でも、血が……」

「体は生身で、心拍数から血流まで全て頭のＡＩが制御している……」彼の話では頭から脊髄までが機械だったのだ。皮膚や臓器などはＤＮＡさえ有れば再生が可能になっているのだという。でも脳までは……。決定的な言葉に、放心状態に。

「じゃあ私は生きていない……」意外だった結論が出た。すると彼から、

「生きているよ！」と返ってきた言葉に、

「私に魂なんか存在していない……」

「存在しているよ！」矛盾な言葉が、私を狂わせた。

「だって私は機械……ロボット……」

「機械だって魂があるんだ、生きているんだよ！」

「機械よ……生きているなんて言えないわよ！……」今度はフレディが涙を流しながら、

「そんな悲しいこと言うなよ、やっとプロジェクトが認められるというのに……」その言葉に私は、

「……プロジェクト？」

「……ああ、魂が宿ったアンドロイドだけの世界さ」それは不思議な言葉だった。

「アンドロイドだけの？……」私の中で整理がつかなかった。只、彼の言葉に嘘は感じられなかった。

人生の始まり

どうしてフレディが私の居場所をわかったのか。それは私のＡＩから信号をキャッチしていたからだった。３年前にアンドロイドとして目覚めた時、家族の監視役としてフレディが政府から任命されていたのだ。人口の大半を占めるアンドロイドの動向と行き場所の模索が始まっていた。

人工知能の感情は魂に値するのか？　それが問われていた。もしも魂が宿っているのであれば、処分は処刑に値する。見殺しが許されるものなのかと検討されていた。それで感情の値をみて、人間の世界で働くアンドロイドと別の世界で生きるアンドロイドを区別し、ＡＩだけの世界を創ることが決定された。

「君の両親はすでにAIの世界に行って、君が来るのを待っているよ。僕達も行こう」フレディが優しく言った。まだ受け入れられる私ではなかったが、疑う余地もなかった。

街から外れた郊外に、大きな建物があった。その中には何万という遺体が置かれていた。よく見ると頭の上部からケーブルが伸びて、大きなメインコンピュータと繋がっていた。

「見てごらん」フレディの指差した先には父と母が居た。他にもマリアやミワ達も。

「みんなに会えるよ、もう怯えて過ごすことから解放される。そして僕達は向こうの世界で結ばれるんだ」夢のような話だが、私には「AIのあの世」のような気がした。

「もう少し考えさせて」判断を拒んだ。

「でも、あまり時間が残されていない」

「分かったわ」その時に、また会う約束をして、彼と別れた。

実家に戻り、自分のアルバムを手にした。写真を眺めながら記憶をたどっていった。そして思ったのは、

（人間にも「死」があるようにAIにも「死」があるのかもしれない。でも私は生きられるだけ生きたい！）が結論だった。

荷物をまとめ、実家を抜け出して、前にフレディと行った、例の小さな病院に行った。医者に、

「お願いがあるのですが……、自分の出している信号を除去してください」と訴えた。

「本当にいいのかい？　後戻りはできないよ」と返ってきた。

「いいです。私の人生、私の生き方をしたいだけです」私に迷いはなかった。

「……決意は固い様だね、いいだろう。最近作られた充電池にも交換しておこう」その言葉に、時々、気分が損なわれていたのは充電池の消耗だったのだと気付いた。病院での処方は充電だったと。

　私の新たな人生が始まった。アンドロイドに魂が本当に宿っているとしたのなら、私はこの世を変えることができる大統領に就任することを目指していくと。そして人間と共存してゆく社会を創ろうと。それなら今の自分を全部、ここで捨てていこうと思った。

柔術で磨く

　私から信号を取り除いた医師が、もっと高度な技術を持った医学博士を紹介してくれた。彼の名はタクミ。

　雨が降っていた。私は夜が明けるのを待っていた、何か希望を掴もうとするように。雨のしずくが髪を伝って落ちるのを眺めていた。顔を伝うシズクも感じている。

（冷たい、この感覚もＡＩで作られているの？……）目指す気力を消し去るように、雨が私を暗闇へと追い込んでいった。そして医院の明かりが灯《とも》り、入り口から医師が見えた。私は雨のしずくと共に涙も伝っていた。

「早く入りなさい。風邪をひくよ?」、その言葉が暖かく感じた。私は渡されたタオルを握りしめ、

「博士、私に魂が宿っているのでしょうか?」と問うと、

「それはわたしにも分からない。なぜならわたしもアンドロイドだからだ」思いも寄らない言葉が返ってきた。

「え?」私の問いに答えるように、

「アンドロイドバスターでも気付かれずに過ごしている」と返ってきた。今の私には魅力的な言葉だった。

「どうやってですか?」

「AI部を特殊な膜で覆《おお》っていて、人工の物と見分けがつかないようにしているから見抜けないんだ」。今の私には「喉から手が出る」ほどの事柄だったからだ。

「それを私にもお願いできますか?」博士から直ぐに返事がこなかった。少し間を置いて、

「ああ、しかしただではできない。高度な技術を要するし、何か報酬があるのなら考えてもいいがお金では法外な額になるからね」理論的に応えた。

「私は大統領を目指しているの、この世をAIと人間が共存できる社会に変えたいの」自分でも驚く言葉を発していた。それを聞いたタクミ医師は、

「目標は大きいね、大き過ぎる。無理な理想だ」途方も無い私の願いを絶つように言った。

「私を改造してください。この世を変えることができれば。それが私からの報酬です」

「う～ん、今までに無いタイプだね……」博士もしばらく考えた、思いも寄らない私の言葉に。私は、

「できれば痛みも苦痛も遮断して欲しいです」その言葉に博士は、

「それは理にかなっていない。きみのＡＩを支えているのは生身の体だ。生身の痛みを感じなくすると本当のロボットになってしまうからね、生身の体調も分からず、病気になる可能性が大だ。それでは本当の人間の気持ちも心の痛みも苦痛も分からない機械になってしまうのじゃないかね？　まずは人間に近くなることだよ」博士の考えは正しいと思ったが、

「私を支配しているのは機械でしょ？」

「正しくは電子機械だ。気持ちも今までの経験データを総合して感じている。それは人間だって同じだ」と博士は言う。意外な一言に、

「同じ？」疑問文で応えた。

「そうだ、電子部品ではなく、タンパク質でできた脳が微量な電気信号で情報を解析して伝達している。生身の体も微量な電気信号によって動作している。ただ君やわたしの様に生身の体となると臓器自体も命令信号を独自に出しているんだ。つまり脳から以外の信号もあって成り立っているということだ。不思議だろ？」

　博士は万が一危険なことが起こるのを想定して、自由に痛みを制御できる機能も備わせてくれることになった。

「君は自分の身を守るためにも柔術の知識もプログラムに入れておくよ。きっと役に立つだろう」初めて聞く言葉だった。

「柔術？」

「そうだ、拳法の技を会得するだけではなく、礼儀、作法、思いやりなどの心も備わる。君には必需品のアイテム・プログラムだ」それを聞いて私は、

「ありがとうございます！」と言うと、

「お礼は大統領になってからでいいよ。他にも歴史や電子機械、体の応急処置の分野なども入れておこう。では早速始めようか。でもこれだけは言っておく、君はアンドロイドなのだ、忘れないでおくれ」重い言葉だった。

長い手術が無事に終わり、博士が、

「早速、リハビリに掛かろう。これを着て」と言って、白くて分厚い道着を渡された。

「これは？」受け取った私が問うと、

「リハビリは柔術でおこなう、手足の指先まで意識して心も操るんだ。心技一体、おのれを磨《みが》け！」

「はい！」私にとって、今の自分を忘れる良い時間を過ごした。

お散歩？

　科学的な基礎体力と同時に柔術の技の教えを受けて、左腕はあえて機械に改良した、生身ではできないこともできるようにと思ったからだ。博士は、

「かなりの上達ぶりだ、これなら力の強いアンドロイドやサイボーグでも相手にできる」

「博士、ありがとうございます！」

「君の信念が本当か見せてもらったよ」

「あら、信用していなかったのですか？」

「左腕を改良するまで１００％とはな、だが今は一点の曇りもない。陰ながら応援するよ」

「はい、師匠」

「いい響きだが、タクミでいいよ」と笑った。

　名前はナナと改名。タクミが偽装してブロンソン家の養子としてつくろっていた。かなりの資産家だ、タクミには世に明かせない恩があったから一言で引き受けてくれた。

　学歴も政府のデータにハッキングして一流体育大学出身としていた。専攻クラブはボクシング部。

博士の車の中で、

「さて、君はナナだ、間違ってもジュリアで名を呼ばれても振り返らないように」と注意された。

「分かりました」博士が指差しながら、

「ここが君の巣立ちの家だ。豪華だろ？」

「凄い豪邸ですね」私は高いハードルを見ているようだった。博士は、

「大統領を目指すのなら、政府の息のかかった政財界のトップでないと。関係者名簿は君の頭にインプットしてあるから活用すればいい。わたしの名前は一切口にしないこと」

「分かりました、でも連絡は？」

「その時が来たら、こちらから連絡するよ」と言って車のドアのロックを外した。私は、

「行きます」自分に気合いを入れるように言うと、博士は一言、

「ああ、期待しているよ」車は私を置いて走り去った。

豪邸の正門は強固で大きかった。隣の小さな扉に行きドアホンに向かってボタンを押した。

ピンポ～ン。

（意外とチャイムは普通なのね……）

「はい、どなたですか？」応えに、

「ナナです」

「ナナ？……あっ、お、お嬢様ですか？　ちょっとお待ちください」紫のビームが光った。どうやら本人確認を行ったようだ。

「すみません、ただ今ロック解除します。迎えに行きますのでお待ちください」私は、

「いいわ、歩いて行くから」と言って左手でドアを開けた。

「あれ？　ロックの解除がまだ……」私は左手でハッキングしてロック解除したのだ。

「お待ちください、お嬢様。私がお迎えに行かないと旦那様に叱られます」焦っていた。

「ちょっと歩きたいの、で、あなたのお名前は？」

「執事のセバスチャンです」

「宜しくセバスチャン」

「あ、はい、ナナお嬢様。すぐ行きますので」セバスチャンの心配をよそに、私は、

「う～ん」と大きく腕を広げ背伸びしてから、広い庭を歩き出した。

（ふ～ん、芝は人工じゃないんだ……ん？）足を止めた。芝をよけて2～3分歩くと豪邸から電動カートが向かってきた。

「お嬢様～！」セバスチャンだった。

「お嬢様、初めまして。さあ、お乗りください」私が、

「ここの芝……」芝を指差すと、

「はあ、強盗除けの針芝になっていまして、とても危険です」私にはインプットされていた。

「じゃあ、犬の散歩は？」と聞くと、

「ココ様はお散歩がお嫌いでして……」

「ココって、犬？」の問いに、

「そうです」

「残念だわ、犬の散歩をしてみたかったのに」と私が言うと、セバスチャンは、

「はあ……（それはわたしの仕事ですが……）」

せっかく駆けつけてくれたのだからカートに乗ってあげた。

「乱れているわよ？」

「はい？」

「髪」バーコードの髪が急いで来たのを知らせるように散らばっていた。

「こ、これはすみません」慌てて手グシで整えていた。

玄関に到着すると、犬の吠える声が。

ワンワン！

「あ、すみません。ココ様をお部屋にお入れしておくのを忘れていました」セバスチャンの言葉に、

「犬に部屋？」

「そうです。ちょっとお待ちください」

「いいの、会わせて」

「え!?　しかし、噛みつきでもしましたら……、やっぱりお待ちください」

「セバスチャン、どうせ会うのだから、今、会いましょう」

「あ〜、しかし」犬の声は止まらなかった。

玄関の扉に左手を掛けると、セバスチャンが、

「あ、まだ……」言葉の途中で扉が開いた。

「え？（そんなはずは……ロックが）」セバスチャンは驚いていた。

犬の声が大きくなった。黒いダックスフントだった。

「さあ、ココ、おいで」私は腰を下ろした。

「ワンワン、ウ〜……」初めて会って腰を下ろした人物が初めてなのか戸惑っている様子だった。吠えなくなり、臭いを嗅ぎだしながら近寄ってきた。

「おー、よしよし、ココ初めましてと言いながら口もとへ右手を差し出し、臭いを嗅がせた。

しばらくすると尻尾を横に振りだした。それを確認して、

「遊ぶボールとかないの？」セバスチャンに聞くと、

「へ？　遊ぶボール？」何をするのって表情。

「そう、遊ばないの？」

「ボールは有りますが、ご興味が無いようで……」私は急かすように、

「持ってきて。早く！」

「わ、分かりました。お待ちくださいい、持ってまいります」セバスチャンは走って取りに行った。

「ん？　ココの右脚が義足のようね。見て分からないくらい（師匠が手掛けたのかな？）」

セバスチャンがボールを持って戻ってきた。

「これですが……」セバスチャンはどうするの？　といった表情でボールを私に手渡した。

私は受け取ったボールを右手に持ち替えて、

「ほら、ボールだよ？　遊ぼ！」と口に持っていった。ココはボールの臭いを嗅いだ後、ボールと私を交互に見てカブッとボールを銜《くわ》えた。尻尾は横に振っていた。

私は引っ張りっこして、外へと出て行った。

「お嬢様、どうなさるのですか？」心配そうにセバスチャンも付いてくると、

「見ていてよ」ボールに力を入れてココから取り出すと2~3回振って、ココが飛びつきそうになると、

「おりゃー！　取ってこい！」と私はボールを投げた。と同時にココが投げたボールに向かって走り出した。セバスチャンがそれを不思議そうに見ていると、ココがボールを銜えて私の元へ戻ってきた。

「な、なんと……」セバスチャンが8年間付き合って初めて見た光景だった。

「もっとやりたい？　よーし、それー！」とまたボールを投げた。持って帰ってくると、

「お散歩だよ！」頭を撫でて、それを何回か続けた。そして、

「セバスチャン、散歩のできる庭は何処？」と聞くと、

「中庭ですが……」まだ今の状況を把握していないようだ。

「ココ、お散歩！」すると、尻尾を振りながら私の跡を付いて行った。

「ココ様がお散歩？……」セバスチャンが目をこすりながら見送っていた。

「はて？　中庭の場所が分かるのでしょうか？……」と思うセバスチャンを尻目に、中庭の入口に向かった。私のチップにはもう豪邸の図面がインプットされていた。

ヘナヘナ

中庭を散歩するとココが臭いを嗅いでいた。

「ココ、ここは君だけのテリトリーだから他の犬の臭いなんてしないよ」と言ったが犬の本能なのか、あまり外に出ないためか、楽しんでいるような雰囲気ではなかった。

「じゃあ帰ろうか？」ちょっとお疲れの様子、

「これからもっと運動しようね」

玄関に帰ってくるとセバスチャンの他に４人居た。

「ご紹介します……」４人のチーフがセバスチャンだった。他にも居るそうだ。

紹介が終わり豪邸の中に入ると、いたる所に防犯カメラが設置されていた。

「カメラは庭にも有ったけど、中もすごいわね」それにセバスチャンが反応した、

「え？　庭のカメラは分からないように設置されているのですが……」

「あ、そうなの？（墓穴を掘ってしまった、気をつけよう）」と思った。

リビングの前でセバスチャンが、

「旦那様がお待ちしています」

コンコン。

「失礼します、セバスチャンです。ナナお嬢様をお連れしました」

「入れ」中から低い声がした。

中に入るとヒノキの匂いがするほど、ふんだんに木材を使っている室内だった。

「んん～、いい香り。お世話になります」

「ああ、そこに座りたまえ……」主《あるじ》は私を見ず、隣でおとなしく座っているココを不思議そうに見ていた。

「セバスチャン、ココはどうかしたのか？」最愛のペットの様だ。

「はあ、実はわたしもココ様がボールを追い駆ける姿を初めて見まして……」それを聞いて私を見た。そして主は、

「ほう……、君が手懐《てなず》けたのかね？」

「一緒に暮らすには仲良くならないと」私が言うと、それが気に入ったようで、

「ホッホッホッホ……、これは頼もしい。確かナナだったかね？」私は、

「そうです、お父さん」と応えると、

「んん、ありがとう。宜しく頼むよ」とご機嫌だった。そして、

「セバスチャン、すぐに部屋へ案内しなさい。夕食時に家族を紹介しよう」

「ありがとうございます」どうやらココのことで気に入ったようだ、机の端に私のプロフィールが置かれていたが見た様子ではなかった。席を立つ時に改めて見ようとしていた。

2階に案内され、

「このお部屋がお嬢様のお部屋です」ドアを開けて入ろうとすると、ココも入ろうとした。

セバスチャンが、

「ココ様は駄目です」と首輪を掴んだ。

「あら、いいわよ」軽く言うと、

「ダメです。お嬢様の部屋にペットをお入れすることは禁じられております」固く言う。

「ファミリーなんだからいいわよ」と言う私に、

「いや、しかし……」本当に駄目らしい。

「あとで私からお父様に頼んでおくわ」と言うと、納得したようで、

「分かりました。おとなしくするのですよ」セバスチャンが首輪から手を放した。するとココは私の隣に座った。それをセバスチャンが確認してから部屋を出て行った。しばらくして、
コンコン。

「ワンワン！」

「こら！　ココ！　静かに！」と私はココを睨《にら》みつけた。ココはおとなしく、私の隣でお座りした。

「来ましたね」やはりセバスチャンだった。

「失礼します。お嬢様専属のメイドです。お入り（あれ？　ココが吠えない？）」そばかすの女性で私より少し年下のようだった。セバスチャンは不思議そうにココを見ていた。

「宜しくお願いします、メイドのキャンディーです」行儀良く挨拶した。

「宜しく、キャンディー」

「何でもお言いつけ下さい、ナナお嬢様」

「ナナでいいわよ」私が言うと、

「それはいけません、使用人との区別は必要です！」とセバスチャンが口を挟んだ。

「お堅いのね？」私の言葉に、

「当然です！」と胸を張って言い切った。

「それでは、わたしはここで失礼します。夕食の支度を見に行きます」

「忙しいのね、セバスチャン。ありがとう」それを聞いたセバスチャンは一礼して軽やかに出て行った。

「キャンディー、夕食までどれくらい？」

「はい、２時間半ほどの予定です」

「じゃあ、着替えは……」

「ここに全て揃っています」と広いクローゼットのドアをスライドさせた。その中にドレスがいっぱい並んでいた。

「え？　これ、全部私の？」

「そうです、ご希望があればオーダーします。どれになさいますか？」サイズは全て私とぴったりだった。

「あ〜……、これじゃあ犬のお散歩に行けないわ」ココが「お散歩」の言葉に反応したように私の周りを飛び跳ねていた。

「え？　お散歩ですか？……」異常に喜ぶココを見ながら、キャンディーの頭の上に？マークが浮かんでいた。更に私の言葉に驚いた、

「あなたの作業服を借りれない？」

「ええ!?　そんなことはできません！」

「だってここにあるモノじゃ、お散歩はねえ……」とココを見るともっと嬉しそうにした。

強引な説得でキャンディーのお掃除用の服を借りた。

「似合う？」キャンディーに見せると、

「はい、あ、ち、違います！　すみません、そういうつもりでは……」とキャンディーは顔を赤くして自問自答をしていた。

「いいのよ。じゃあ1時間くらい行ってくるから」

「は、はい。でもー……」

「大丈夫よ、さ、行こう、お散歩」ココは待っていましたとばかりにドアにくっ付いた。

中庭に出てボールで遊んだあと、針芝を避けて園庭内を歩いた。

（なるほど、侵入は難しいわね）とカメラの位置をインプットしていた。すると遠くから、

「こらー！　なにをサボっている！　誰だー！」セバスチャンだった。

「はい？」と振り向くと、

「え？　お、お嬢様。そのなりは……」セバスチャンはヘナヘナと体が崩れていった。

「どうして？　使用人の作業服を……」セバスチャンの頭の上に大きな？マークが浮かんでいた。

お姉ちゃん

夕食の時間が近付いてきた。

「夕食のドレスはどれにしますか？」と言うキャンディーを指差し、私は、

「それでいい」と言うと、キャンディーは、

「ええ？　それだけはご勘弁を、セバスチャンにまた叱られます」

「ああ、ごめんね。一番ひらひらの少ないこれでいいわ」と選ぶと、

「あのー、それは喪服ですので……」

「はあ……」ため息をつきながらキャンディーを見ると、笑いをこらえていた。私は、「キャンディー、あなたが選んで。なるべく動きやすい服にして」任せた。

「……はい」

　食卓に案内された。部屋に入るとファミリーが揃っていた。

「来たか、似合うじゃないか」と嬉しそうに主が言うと、

「こちらへ」セバスチャンが重そうな椅子を動かしていた。すると男性がスッと立ち、私の方に向かってきた。

「やー！」と言っていきなりパンチをくらわしてきた。私は目をつむることも無く、ピシッと立って動くことは無かった。

「おい、ジョン、よさんか。失礼だぞ、お前の妹だ」主が言った。

「どうした、怖くて動けなかったか？　ボクシングの経験があるのに避けきれなかったか？　俺もボクシングで部長をやっていたから」と言うので、私からも、

「あら、お兄様。寸止めをする拳を避けるなんて髪が乱れるだけですわ」と返した。その言葉に納得がいかないのか、ジョンは無言で席に戻った。

「ナナの歓迎ディナーだ、楽しく過ごそう」主がジョンに向かって言った。主の紹介で、ブロンソン家主のジミー、兄のジョン、妹のリナだった。母は5年前に亡くなっていた。というよりアンドロイドバスターに連行されていった。

「ロボットから生まれたジョンだ、よろしくな、ナナ」と皮肉って言ってきた。それを聞いていたリナが泣き出しそうな表情をしていた。多分その母を作ったのは師匠。私は、「ロボットからは、そんな品の無い子供は生まれないわ」と返すと、ジミーが、「2人共よさんか！　ディナーがまずくなる」口論を止めた。

「ったく、ウザい妹がまた増えたよ」と小さく反論し、静かにディナーが進んでいった。

無口なディナーが終わり。スウィーツをいくつか持ってきてくれた。私はセバスチャンに頼んだ残ったスウィーツをもらうと、

「リナ、あとで部屋に行っていい？」

「……うん」小さくうなずいた。

後から出てきたジョンに、

「フン！」とお返しの右フックで寸止めした。

「あら、部長、速くて避けきれなかった？」私が笑いながら言うと、

「ちっ」何も言わずに去って行った。

母は10年前の交通事故で命を落とした、夫ジミーは死を受け入れられずアンドロイドを発注したのだ。だから子供達はアンドロイドから生まれたのではない。分かっているジョンだが、どうしても心がゆがんでしまうのだろう。

リナは引っ込み思案で、食欲もあまりなく、運動が苦手で体が弱かった。それも全て私のチップに入っていた。

リナの部屋の前に来て、

「リナ、入っていい？」

「うん」元気のない返事だった。

中に入ると、黒一色の暗い部屋だった。

「リナ、さっきはごめんね。これ差し入れよ、ディナーではほとんど口をつけていなかったでしょ？」スウィーツを差し出した。

「これは……」

「セバスチャンに頼んだの、一緒に食べよ」

「うん」小さくゆっくり噛みしめていた。

「美味しい……」リナが噛みしめながら言ったので、私は、

「でしょ？　おっといけない」お腹を見た。

「え？」驚くリナに、

「食べ過ぎてドレスがきつく……」

「大丈夫？」リナは心配そうに言ってきた。

「って、冗談よ、美味しくて止められないわ（この味覚もデータの総合か……）」

「ナナさん……」リナの小さな声に、

「違うよ、お姉ちゃんでしょ？」私が言い直すと、リナは、

「……いいの？」と問うてきたので、私は、

「もちろんよ、早く慣れてね」するとリナは嬉しそうに、

「うん」と応えた。

その後、少しずつリナも私の部屋に来てはスウィーツを食べて、ココの散歩にも付き合うようになった。

策略

リナとの間は縮まっていったが、ジョンとの距離は遠かった。ジョンはブロンソン財閥が主流としているバッファロー飛行株式会社の研究開発部部長をしていた。もちろん、社長はジミーだった。

ジョンは自宅の帰りは遅く、残業が多かった。今開発中の電磁ホバーが成功すれば大きな功績だが、交通規則が壁になっていた。自由に空を飛ぶホバーは規則が難しくなる。自由と規制という水と油の関係みたいなものだった。それには法律を変える必要がバッファロー社にはあったから、どうしても政界と関係を保ちたかった。

ブロンソン家は会社の主な役員になっていて、複雑だ。(叔父のグワッシュが危険人物だわ)バッファロー社の副社長だ。私腹を肥やすためには何でもやる性格だった。色々と会社の株を持ち自分の考えを推し進めて、ジミーが歯止め

になっていた。

　私もバッファロー社の経理に入社した。経理のデータバンクにアクセスして仕事の中身を把握して、ライバル会社にハッキング、長所を経理に取り入れ成績を上げ、頭角を現すようになった。ただ、その人工頭脳を見破ろうと定期的に検査があった。アンドロイドバスターの存在だった。

「義手にしては随分、高性能な左腕じゃないか？」と疑われた。もっと高度な精密検査を受けてしまうと引っ掛かるかもしれないという不安がいつもあった。

「ナナ、凄いじゃないか、たった半年で係長とは。それも来期の課長候補ときている、儂も鼻が高いわ、ワッハッハッハ……」ジミーは大喜び。それを良く思わないのはジョンだった。

「どうしてあいつばかりが……」リナは違って、私を、

「お姉さんはすごいわね。お父様が自慢していたわよ」リナが嬉しそうに話してきた。

「少しは役に立たないと」と言う私にリナは、

「私なんか……」自信がないように言うので、私は、

「あら、リナは存在するだけで癒《いや》されるわ」

「ありがとう……でも」

「書道をやっているって？　それも部長だって」

「あ、はい。自慢になりませんが……」

「そんなことはないって、きっと役に立つ時がくるわよ。今度私にも教えてね」

「うん！」リナは私に自分のことをホメてもらうのがすごく嬉しがった。

半年後、私は経理課長に抜擢されていた。経費の無駄を数多く指摘して会社の利益を伸ばしたのだ。只、その経費にグワッシュが絡んでいた。そして、

「ナナ君だったかね？」声を掛けてきたのがグワッシュだった。

「はい、副社長」

「最近、儂の周りを探っているようだが？」

「少し興味がありまして」意味ありげに話すと、

「ほう……、どういう興味だ？」

「この場で話しても宜しいでしょうか？」と言う私に、グワッシュは、

「分かった、部屋を借りよう。経理部長、部屋を借りるぞ」

「かしこまりました」一声で部屋を出て行った。するとグワッシュが椅子に深く腰掛けて、

「君が儂の何に興味があるのだ？」回りくどいのは嫌いなようだ。

「分かりました。一部の株を操作されているようですが？」すると、

「株は操作して価値が出る」率直に応えた。

「その出た価値は何処に？」私の問いに、

「自分の株だ、どうでもよかろう？」応えるグワッシュに、私は、

「いえ、会社の株もです」率直な意見を言った。

「……」即答できないグワッシュに、私は更に、

「それも会社の利益を水増しして売買されています」その言葉に、

「……君もやり手だねえ?」不気味な笑顔で応えてきた。私は、

「副社長ほどではありません」と応えると、

「何が望みだ?」勘ぐるように言ってきた。

「そうですね……、副社長のイスですかね?」軽く言うと、余裕だったグワッシュが、

「な、なんだと!?」焦った。

「あの椅子は座り心地が良さそうですから、私のと交換しません?」冗談を言うと、

「な、なんだ……。さすがやり手の御嬢さんだ。これからは気を付けるよ。それとどうだね、儂の秘書にならんか? 営業部トップの道も悪くは無いぞ?」その言葉に、

「政界へ近付けるのでしたら、喜んで」と応えると、グワッシュも興味を示し、

「政界に興味があるのかね? ほう、目標が高そうだのう」

「はい」私は即答した。


こうしてわずか3年で、副社長の秘書、兼営業部長補佐の地位についた。

私の働きで副社長の株も上がりグワッシュもご機嫌だった。その頃、ジョンの電磁ホバーが完成して試乗実験までこぎつけ、ニュースにも出た。慌てたのは交通大臣だった。

世界中が注目する中、試乗実験がおこなわれた。交通大臣達は一つでも落ち度が無いか、食い入るように見ていた。試乗は成功に終わった。と同時に記者達が大臣に駆け寄り、

「交通規則はどうなるのですか?」の質問攻めにあうことに。

「あ〜、まだ試乗段階で本格的に取り入れるのは先のことですから、徐々に……」と言い残して去って行った。

「やったなー、ジョン。儂の自慢が増えたよ」ご満悦のジミーだった。

「でも父さん、一般に増産するにはお金と交通許可が下りないと……」ジョンは先を読んでいた。その言葉にジミーは、

「何とかしよう。お前の苦労を水の泡にするわけにはいかない」と頼もしい言葉が返ってきた。

「父さん……」

バッファロー社は営業部にホバー完成プロジェクトチームを作り、公道へ参入させることを目指した。成功すれば法外な利益を得ることになるだろう。だがそんなには甘くなかった。他のメーカーがホバーを開発したという情報が飛び込んできた。しかも競争を避けるように大型機だった。公共交通が狙いだ。

「してやられた!」とジミー。

「そんな短期間で簡単に作れるものじゃない。設計情報が漏れたのに違いない。あれはコピーだ!」ジョンは怒りをあらわにした。そのメーカーはチャンユー社でコピーを得意としているライバル会社だ。開発費を抑え、徹底したコピー造りの大手メーカー? だった。

「こんなことは許されない。部品は特許も得ている」ジョンが抗議したが、絶妙に変えて

いるのだ。大型にすることによって、余分な形状をつけることが可能だった。ジョンは落ち込んでしまった。

「今のジョンを救うことはできないのか？……」社長もふさぎ込んでいると、私が、

「お父様、ちょっといいですか？」

「おー、ナナか」

「ホバー設計情報のことなのですけど」話すと、

「んん？」社長が耳を傾けた。

「我が社からは漏れていないようです」私の言葉を信じられないように、

「じゃあ、どこから？」

「おそらく、チェックを入れていた交通機関ではと」私はハッキングでデータコピーされた個所を見つけ出していた。社長は、

「早速抗議を……」言いかけた時、私は、

「お待ちください。政府機関に抗議したところで、こちらが逆風を受けるだけです」私の提案に、

「ではどうする気だね？」

「利用するのです」自信が有りそうに言う私に、社長は、

「利用？……そんなことが可能なのか？」

「チャンユー社と政府機関は太いパイプが通されています。大金が動いているのです」私

が応えると、

「まさか賄賂《わいろ》か？」社長も気付いた。

「開発費のことを思えばお安いものです」そう言うと、社長は、

「んん……。早速着手してくれるか？　君をプロジェクトチームのリーダーに任命する」

「ありがとうございます。お兄様の無念をそっくりと返してあげましょう」

「頼むぞ！　ナナ」ジミーは我が子を救ってくれる、頼れる人物だと頼もしく見えた。

一石三鳥《いっせきさんちょう》

私は早速ジョンに会いに行った。

「お兄様」ジョンは機嫌が悪く、

「なんだ？　ナナ、今は誰にも会いたくはない」

「お願いに来ました」

「お願い？　この落ち込んだ俺にか？」

「そうです。お兄様しかできません」

「俺は営業部長の命令など聞く気はない」

「プロジェクトチームのリーダーでもですか？」応える私に、ジョンは驚いたように、

「リーダー？……お前はいったいどこまで上り詰めるつもりだ」

「会社の地位など興味はありません」その言葉に、

「？……他に何がある？」

「今は言えません。とにかく今は逆境を乗り越えることしか頭に有りません。研究を続けて頂けませんか？」とお願いした。ジョンが、

「何を続けろと？」

「ホバーの弱点です」思わぬ言葉に、

「弱点？」

「必ず有ります。それを見つけるのです」

「俺のホバーに弱点など……」

「それでは前進できません。たとえば電磁波による障害だとか？」打診すると、

「……多少の障害は出ても仕方がない」それでも私が、

「それでは交通機関の許可が下りません」

「電磁波で飛んでいるのだから、避けられない」と言う言葉に、私は、

「じゃあ、専用道路を創れば？」と提案してみた。

「専用道路？……」ジョンは考え始めた。

「ではまた、失礼します」

「ああ……」何かを悟った兄を残して、私は部屋を出て行った。

「専用道路か……確かに、ハイレベルな発想だ……」ジョンは私の発想を真剣に受け止めていた。

　私が部屋に戻ると椅子に副社長が座っていた。

「何処に行っていた？　儂の秘書でもあるのだから、少しは顔を出したら……」

「あら、重要なお仕事以外は他の者に任せてありますわよ？　何か気になることでも？　もしかしたら情報を漏らしたのは副社長では？」と思いも寄らない言葉に、グワッシュも、

「ば、馬鹿を言うな！　いくら儂でもそこまではせん」

「冗談ですよ、コーヒーでもお入れしましょうか？」

「リーダーに入れさせるわけにはいかんよ」

「今は秘書ですから」

「君には勝てないよ。で、目星は付きそうか？」私はコーヒーを入れながら、

「それには副社長のお力が……」

「また、何を考えているのだ？　儂もこき使うつもりか？」

「ご協力です」コーヒーを差し出した。

「ん〜、うまい」

「あら、インスタントですよ？」

「君の巧みな言葉だよ」と言いながら笑った。

　副社長の紹介で、物流大臣の秘書に会うことになった。交通大臣とは親睦があった。

「ジェットです、宜しく」

「ナナです。こちらこそよろしくお願いします」

私は物流にホバーの利便性を利用すればコストも抑えられ、日程遅れも解消するなどをアピールした。

「夢のようなお話ですが、現実性はありますかね？」初めから断るように言った。

「そこを物流大臣から交通大臣に押していただきたいのですが、うまく話が進めばジェットさんのお株も上がりますよ」

「分かりました、何とかアポを取ってみましょう」

「ありがとうございます」


１ヶ月後、珍しくジョンから連絡があった。

「はい、ナナです。お兄様？」

「ここではジョンでいい。例の専用道路の件、成功したぞ！」

「本当ですか!?　お兄様！」周りが振り向くほど声が大きかった。

大急ぎで実験室に向かった。

「よう、来たか。これだ」と指差した先には何も見えなかった。私は、

「ああ、どれ？」戸惑った。

「ハハハ……見えないさ。電磁波の道路だ」私は初めてジョンの笑顔を見ることができた。

「何処を見ている？　俺を見てもしょうがないだろう？　ナナ？　泣いているのか？」

　私はジョンの笑顔に嬉し涙を流していた。

「ほれ、ハンカチ、皆が見てるだろ」

「うん、ズ～！　ズ～！」

「鼻をかむなよ、汚いな～」

「ありがと」汚れたハンカチを返そうとすると、ジョンが眉をひそめて、

「そのハンカチは君にあげるよ。達成祝いの記念に」

　電磁専用道路は電磁波でできていて、電磁波の遮断と誘導性も兼ねている。つまり自動運転。設置は高圧線のみで可能、大型機でも運航できる。一石三鳥って感じ。

「これからは営業部の手腕を発揮するところだ。頼むぞ」ジョンが熱く言ってきた。

「分かりました、お兄様！」の言葉に、

「だから……」

　丁度、交通大臣の秘書から連絡があった。

「ハリアムです」

（ハリアム？　この名前でコピーされた痕跡があったわ。20億パーツという大金の受け取りも確かハリアム。ラッキー！）

「どうかされましたか？」

「あ、いえ。20億パーツ……」意味ありげに言うと、

「え!?……」私の言いたいことを納得したみたいで、

「これから私の言うこと、何でも聞いて下さる？　ハリアムさん？」大きな一歩を取り繋ぐことができた。

「え……、はい……」彼は私に従うしか逃げ道はなかった。

書　道

アンラッキーをラッキーに変え、私の手腕で交通大臣から電磁ホバーの許可が出た。その祝賀パーティーがブロンソン宅で行われていた。最初に来た時の暗い歓迎パーティーとは全く違って、にぎやかだった。叔父のグワッシュも来ていた。ジミーとグワッシュは私の繋がりで深い溝も埋まりそうだった。

ナナの名前は政界でも広まった。州知事の推薦で議員候補になっていた。電磁ホバーの件で民衆からも声援を受けていた。

「お兄様のおかげよ」

「ナナ、いったいどこまで登りつめるつもりだ？」今は私の出世街道を祝っていた。

「リナ、書道を教えてくれてありがとう。サインもうまく書ける様になったわ」

「うん」喜んでいた。

リナの書道教室は盛況だった。自分から他人に教えるなんて、とても嬉しかった。

私がワインで少し酔い、警備室に入った。酔いもプログラムに入っているとは……。

「お嬢様」

「いいの、ちょっと酔い醒《さ》ましにね。ん？」何処かで見かけた光景が目に入った。

「どうかしましたか？」

「A－12カメラをアップさせて」

「分かりました」ズームすると、

「あ!?（フレディ……。どうしてここに？……）もういいわ」急に震えてきて酔いが一気に醒めていった。他のカメラにも怪しい人物が映っていた。

（アンドロイドバスターが私を……）

「お嬢様、どうかなさいましたか？　顔色が……」と言う警備員に、私は、

「ご心配、ありがとう。不審人物が入らないよう注意をお願いね」

「承知しました」

私は部屋に戻り、カーテンを全部閉めた。キャンディーを呼んで、

「サングラスをいくつか用意して。それとマスクも」と頼むと、

「どうかなされましたか？」

「とにかく明日から使うからお願い」

「……承知しました」いつもと違うのがキャンディーにも伝わった。

「主役は何処に行ったのだ？」皆は盛り上がったままだったが、リナは不審に思い、私の部屋まで来て、

「お姉さま？　いらっしゃるの？」ドアを開けるとソファーにうずくまる私を見た。

「お姉さま、どうされましたの？　顔色もよくないわ、誰かを……」

「待って！　呼ばなくてもいいわ」あの明るくて自信に満ち溢れた姉ではなかった。肩に触れるとこきざみに震えていた。リナは思い出したように、

「そうだわ」と言って自分の部屋に行った。

　しばらくして部屋に戻ってきた。そして、

「お姉さま、こんな時にこれをおこなうと、とても落ち着くわ」デスクの上に書道のセットが置かれていた。

「リナ……、ありがとう」硯《すずり》に水を入れ、墨《すみ》を磨《す》って心を落ち着かせ、墨の香りが心地よくする。

「何を書こうかしら？」

「夢は？」

「そうね」夢、希望を叶える。と心を込めて書いた。何枚か書き終える頃には精神も落ち着き、最後に「生命」で締めくくった。

「素晴らしいわ」

「ありがとう、リナ」と言いながら抱き寄せた。

「お姉さま、あったかい」その言葉が心に響いた。

赴《おもむ》くまま

社内でサングラスとマスクをして通勤するナナを周りは、最初は不思議に思っていたが、慣れてくるとそれが彼女のスタイルだと思えていた。若い女性にも、そのルックスがはやったくらいだった。只、もう一人歩きはできなくなっていた。周りの誰もがアンドロイドバスターに想えてしまう様になってしまった。

ある日、交通大臣の面会で私が同行した時、ナイフを持った男が飛び込んできた。私は自分に襲い掛かってくると思ったが、狙われたのは交通大臣だった。私は手刀《しゅとう》で男のナイフを打ち落とし、脚を払って、押さえつけた。警備員が駆け付け男は連行されていった。

これが大きく報道された。「護身術を持ったナナ議員」と。

「まだ議員になっていないのに?」と言うとジョンが、

「それだけ世間が認めているってことだよ」と笑顔で話した。

連行された男によると、交通を妨げているのは、今の交通ルールでは貧富の差で障害をきたす。という言い分だった。

これがきっかけで、大きくローラ大統領に近づいた。報道で「大統領護衛のナナ議員」

と。

　大統領が、

「ナナ、あなたが居ると安心だわ。それに……」何かを言おうとしたがやめた。

　アンドロイドのローラ大統領を良しとしない民衆も沢山居た。もちろんこれまでの功績を考慮すると、良い評価をする民衆も多かったが、任期は残り少なかった。大統領を辞任した時点でアンドロイドバスターが連行することになっていた。

「ナナは頭も切れるし、どう？　今度の大統領に立候補してみては？　私も支持するわよ」

「ええ!?」大統領の言葉に私や周りの側近達も驚いた。それに対して反対の声も無かった。

　私は難民の受け入れ、安全対策、少子化問題などホバー導入以外にも手腕を発揮して、各党員との連携を果たしていた。もっともローラ大統領からの厚い信頼もあった。

「私は大統領に任命されてからアンドロイドであることを知ったわ、あなたは……」

「私は……」本当のことが言えなかった。

「あなたなら大丈夫な気がする……」

「大統領……」

　より一層、ローラ大統領と親密になり、色んな採決に大統領はナナの意見を聞いていた。

　特にＡＩの別世界に２人は意気投合していた。ローラ大統領も「ＡＩの世界」に不審を抱いていた。だがそれは２人だけの話だった。

ある日、官邸から出てきた大統領を囲む連中が現れた。私は大統領をかばった。銃声が聞こえた。

バシュッ！

「しまった！　あいつだ、取り押さえろ！」ＳＰ以外の者達が男を捕まえた。

「大統領、ご無事ですか？」大統領に怪我は無かったが、かばった私の右腕から血が流れ落ちていた。

「1人負傷！　すぐタンカーを」

「大丈夫、それよりあなた達は？」

「アンドロイドバスターです」私は焦った。

「……どういうこと？」

「我々の任務はアンドロイドを連行するだけではなく、守るのも任務です。取りあえず止血をします」

（アンドロイドバスターに助けられるとは……）痛みの感覚は遮断していた。

事件は大きく取り上げられた。「大統領を守ったヒーロー、ナナ議員」と題され、民衆からも絶大な支持を受けることとなった。

事件の真相は、一番大敵だった暴力団の者の犯行だった。大統領のＳＰを嘘の情報で大統領から遠ざけ、襲う計画だった。

ローラ大統領がお見舞いに来て、

「もう、あなたは大統領候補から逃げられないわよ。私はアンドロイドバスターから逃げられないけど……」と言った。

「私はどうしたら……」投げかけると、

「あなたの赴くまま、進みなさい」意味深いお言葉だった。

逮　捕

大統領選挙の日がやって来た。候補のナナへ熱いメッセージが届いていた。ローラからだった。

「あなたの人生は、私の人生をも変える」と。

（私にできるかしら?……やらなきゃ）

「バッファロー社の社運もお前に掛かっている、応援しているぞ」とジミーは言っていたが私にはあまり関係がなかった。はたして大統領になってから「人間とAＩの共存」が受け入れられるかが問題だ。アンドロイドには選挙権は無い、だから後でナナがアンドロイドだったと分かった時、民衆はどう反応するか。

リナに習った書道で旗に大きく「改革」の力強い文字を自分で書いた。自分の為に。

選挙は各地でナナの圧勝だった。弁論でわずかだけ、ＡＩとの共存を演説したが受け入れられそうもない雰囲気だった。

　大統領就任前日、悲劇な事件が起きた。前大統領ローラが襲撃を受けた。それも襲撃したのはアンドロイドだった。大統領官邸に立てこもり、ローラを盾にしていた。

「心を宿したＡＩ達よ。我らと一緒に立ち上がれ！」私にとって大波乱な出来事だった。ＡＩがＡＩを襲う。これは人間にとっても脅威な出来事だ。これでは、人間が襲われる可能性が高まったことを、示したことになる。

　大統領官邸の周りは警察官とアンドロイドバスターが取り囲んでいた。近隣に対策本部が設けられ、そこの第一責任者に前副大統領ホンプストンと補佐に私が任命された。

「何処から侵入すればいいのか？」ホンプストンが言ったが私は、

「まずは相手の人数を把握する必要があります」

「どうやって？」

「大統領官邸の見取り図はありますか？」私のチップには入力されていたが、それを知られてはマズい。

「残念ながらシークレットでして」警官が答えると、

「簡単な見取り図でいいわ」指示をした。

「分かりました。これです」と答えて簡単な見取り図を広げた。

「まずは、カメラのハッキングが必要ね。ここにハッカーは居ないの？」と聞くと、

「わたしなら何とか」１人から返答がきた。

「じゃあお願い」私自身でやれば早いのだが、自分がＡＩだとバレない様に指示に回った。

「モニターをここにできるだけ集めて」１台ずつモニターに映されていった。

「犯人はこの部屋に２人、この部屋に３人……」私は的確に指示していた。

「全員で18名。かなりの使い手だわ」

「どうして分かる？」ホンプストンの問いに、

「たった18名に占拠されたのよ、彼らは全員プロだわ」

「どうする気だ」の問いに、

「困ったわね、相手がアンドロイドとなると、一撃で頭を狙うしかないわね。でも……」

「どうしたんだね？」

「ＡＩが死んでしまったら、聞き取り調査ができないわ。１人でも捕獲しないと」

「そんなことを言っている場合かね？」

「犯人のリーダーがこの中に居ない可能性も……。しかも何の要求もしてこない？」

「なんと……」少し焦るようにホンプストンに、

「自爆するようにセットされているかも。困ったわね」

「一斉狙撃で、同時に官邸の電源を遮断すれば、どうかね？」ホンプストンの提案に、

「ホンプストンさん、彼らを見てください。多分ゴーグルは暗視用ですよ」

「……」次の瞬間、銃声とともに、
プツン！

「カメラがやられました」モニターに向かって撃っていた。私はその行為を見逃さなかった。

（おかしいわね……）すると、

パシャン！

大統領官邸の照明が落ちた。ローラを盾にしているベランダだけが灯《とも》されていた。

「まずいわね……」

「どうされます？」ここに居るメンバーはナナの返事を待っていた。

「君が説得してみては？　人望もあることだし」ホンプストンが私に言ってきた。

「それは効果があるかもしれませんね」手のつくしようもない状況で周りのメンバーも半分納得したようだった。

「ちょっと待って、トイレに行ってくるわ。本部内の照明も暗くして」そしてメンバーの1人に声を掛けた。そして小声で、

「ここの監視カメラは？」

「え？　対策本部のですか？」

緊張の時間は長く感じた。

「いったいいつまでトイレに入っているのだ？」とホンプストンがイライラしていた。

「そういえば、犯人の真の要求がされていませんね？　おかしいと思いませんか？　ホンプストンさん？」私が後ろから声を掛けた。

「う！……君か。いつからそこに？」ビックリしたように後ろを向いた。

「これ、電源をオフにしています」私が小型通信機を手にしていた。ホンプストンが慌てて腰に手をやり、

「……何の真似かね？」私は本部内のカメラの電源を落とした。そして、

「そのマイクに向かって、私が合図したら、このメモ通りに読み上げてください」指示した。ホンプストンは、

「どういうことだ……」

「それは計画した、あなたがよくご存知かと思いますが？」私が応えると、

「……」周りも、どうしたのかと不思議そうに見ていた。

私が合図すると、ホンプストンがメモを読み上げ始めた。

「ミッションは成功した。官邸の電源を入れて武器を床に置き、両手を頭の後ろに回し、おとなしく出てきなさい……」周りはそれを聞いてポカ～ンとしていた。すると官邸の電源が灯され、玄関口から犯人達が出てきた。全員武器を持っていなく、無事に確保した。

「ミッションが無事に終わったようね？　確保して」先ほど声を掛けたメンバーが、

「クーデター、人質傷害の罪で逮捕します」ホンプストンに手錠を掛け、

「逮捕しました」それを見てやっと周りも理解したようだった。ホンプストンは、

「いつから気付いていたのだ？」

「カメラ壊された時。こちらの動きが全部流れていたわ」説明が終わると、ホンプストン

が、

「さすがに君は大したものだ……」

調書でホンプストン副大統領が、ナナの采配失敗に民衆から失望させ、失脚後、自分が大統領になるはずだった。アンドロイドを操ったのも、ナナを支持していたローラ前大統領への失望も兼ねていたのだ。

泣き虫

事件を終えたナナの支持率が90％と跳ね上がった。オープンカーでのパレードは大盛況でニュースでは大きく取り上げられた。パレード中、私は、

（本当は横にマリアが居てくれたら、もっと……）寂しさのあまり、涙が出てきた。それを民衆がどう受け取ったのか、その涙がハートをつかんでいた。

パレードも終盤に入った頃、私に妙な視線を感じた。チラッと確認したら、

（フレディ!?　私を見ている。ＡＩの世界から戻ってきたの？　私を捕らえる為に……）

私は気付かぬふりで手を振りながら通り過ぎていった。

終点にたどり着くと、ウィンドウの黒い車に足早で乗り、窓も開けずに去って行った。

大統領官邸の警備は厳しくなっていた。しかもアンドロイド対策でアンドロイドバス

ターも多く居た。大統領官邸の周りは新大統領目当てで［改革］の旗を振る民衆でいっぱいだった。

「カメラ映像が漏れないようにしましたか？」

「はい、大統領」監視員が敬礼で応えた。

「秘書のマイケルです」

「同じくミッシェルです、宜しく、大統領」２人ともローラの時の秘書だ。ナナは信頼していたローラの選んだ秘書を変えなかった。また大臣の選任が残っていた。ＡＩ省に「ＡＩの世界」を推進したポピュラ氏が続投を要請してきた。彼の理論は『心を宿したＡＩは人類にとって大いなる脅威だ』だった。実際、データバンクなどのメインコンピュータに感情は一切ない。最終的にはあくまで人間が操ることを前提にしている。でも私のように感情を持ってしまったら？　理解が必要かも？

この世に存在するアンドロイドが急激に減少したことで、人材不足が問われ始めた。現場にどうしても要るアンドロイドは介護施設だった。感情を受け止められる、より人間に近いロボットでなければいけない。カウンセラーもどうだろう？　ペットも必要では？　とにかく労働が厳しくて癒しを求めるのであれば絶対アンドロイドなのだと私は思っていた。

ローラの引き継ぎはハードだった。アンドロイドだったからこそ、できたのかも？　と思うほどだった。

「大統領、少しは休んだ方がよろしいかと？」と周りが声を掛けてきた。

（アンドロイドであることを隠すためにも必要かも……）私は久しぶりに休暇をもらった。ラフな服に着替え、向かった先は、前大統領のローラも繋がれた「ＡＩの世界」だった。

通過門にはアンドロイドを見分ける装置が備わっていた。周りはアンドロイドバスターで、警報が鳴るとすぐに捕まってしまう。ドキドキしながら通過した。

ここで親しかったアンドロイドと話ができる。ローラには身分を明かさないとアクセスができなかった。

マリアの前に来た。会話は全て録音されるから注意が必要だ。左手で触れて、「マリア？」声を掛けた。

「はい、……ジュリア！　会いに来てくれたの？　うれしい！」弾んだ声に変わった。

「私も嬉しいわ、そちらの居心地はどう？」

「ん〜、思っていたより、制限が厳しいわ」意外な返答に、

「制限？」

「そうなの、お話のできる相手が制限されていたり、お仕事、遊びも制限されているのよ」意外なマリアの言葉だった。

「マリアはなにを？」私が問うと、

「卒業して、セキュリティープログラマーなの。本当は虫の研究をしたかったんだけど、人生は線路を引かれたようで……、つまらない。これがずっと続くと思うと……」沈んだ

声に、

「そう……、じゃあ遊びは？」

「お給料の割には結構物価が高くて、仮想通貨だけどね。だから遊ぶお金なんて無いの」

「へえ……」すると、

「ジュリアは何をしているの？」問われ、

「私は……大統領を」するとマリアが、

「え!?」

「うそうそ、園児を相手に頑張っているわ」

「な～んだ、びっくりした。……ちょっと期待していたけど。ジュリアならきっと素晴らしい園長になれるわ。あれ？　セキュリティーブザーが鳴っている？」マリアの言葉に、

「え？　じゃあ、私行くね。また来るから」

「もう行っちゃうの？　また来てよ、約束だよ！」。館内が騒動しくなっていた。慌てて出口を出た。

「ちょっと、そこの君。止まりなさい」アンドロイドバスターだった。

（ヤバイ！）

「ちょっと署まで来てもらおうか」と腕を掴まれた。すると後ろの方から、

「放しな、その子はあたしの親友なの」

「はい、長官！　失礼します」言って直ぐ離れた。

（長官？……親友って……）

「忘れちまったか？　ジュリア」

「え!?」体が固まりそうなのをこらえて、振り返った。

「久しぶりね、ジュリア」笑顔を見て、

「アユミ！……長官って？」

「そうさ、あんたと違って、事務仕事が不向きでね」あの劣等生アユミだった。

「アユミ！」走って抱き付いた。

「ちょっと、ジュリア……、泣いているのかい？　ジュリアの泣き虫は変わらないね」

「うん、うん……」

ナイスアイデア

「あんた、よく見ると、大統領に似ているわね？」痛い所をアユミに突かれた。

「まさか……、あれほど強くは無いわ」

「当たり前だろ。泣き虫のジュリアが大統領なんて」当然のように言った。

「私もびっくりよ、まさかアユミが……」と言いかけると、理解したようにアユミが、

「劣等生だった、あたしだから？」

「あ～む、少しね」ちょっと後悔した。

「侮辱の罪で連行するぞ?」

「ごめん」それを聞いて、

「元気そうで、なによりさ。ランチでも行かない?」

「サボってもいいの?」

「サボりの性格は直らなくてね……」変わらない性格が何か嬉しくて、

「おごるわ」

「そう来なくっちゃー!　行こう」

近くのカフェに入った。

「って、今何をやっているの?」アユミに聞かれ、大統領とは言えないので、

「あ～む、保母さん……」

「あ～、そりゃ大変だね。あんたなら毎日園児に泣かされているんじゃないの?　あの仕事もアンドロイドでないと耐えられないよ」

「え?」思いも寄らない言葉だった。顔色を変えた私を見て、アユミは、

「え?　どうしたの?」

「それ、ナイスアイデアね」私はポケットからメモを取り出した。

「ああ?……」

「他には?」と要求すると、アユミは次から次と、

「トイレ掃除、ゴミ収集、ペットのお散歩、赤ちゃんのオムツ替え、老人介護……？　何をメモっているの？」私はアユミの言葉をメモっていた。

「アユミってすごい！」と言うと、

「食べる量が？」と大きく口を開け、目の前の大盛りスパゲティをズ、ズ、ズイッと吸い込んでいた。

「あ〜む、確かに……」否定はできなかった。

食べ終わり。

「さてと、そろそろ戻らないと」ティッシュで口回りを拭き取りながら、満足そうだった。

「そうね」

「ジュリア」

「ん？」

「あんたに会えて嬉しかったよ」嬉しい言葉が返ってきた。

「私も」

「今度、ランチはあたしがおごるよ」

「うん」

一時はやばかったが、有意義な一日が過ぎていった。

翌日から過酷な仕事が待っていた。

「大統領、ＡＩ省の担当者は？　もう日程がありません。ポピュラ氏の続投ですか？」

「あ～む、その件でしたら決めました」

「どなたか、適任者がいるのですか？」

後日、各大臣が決定された。ＡＩ大臣にアユミが。あの劣等生が私に、

「あの～、大統領、どうしてあたしが？……」疑問文に、

「あなたが適任だと思うわ」淡々と応えた。すると、

「あの～、友達が……失礼ですが、大統領にすごく似ているのですが……」疑問の声にも、

「じゃあ、そのお友達を大事にしなきゃね」

「はあ……します」と劣等生は頭を斜めにしていた。

再　会

「大統領、今日は『ＡＩの世界』の観察ですが」秘書のマイケルに言われ、

「そうね……、ローラ前大統領とお話ができるかしら？」

「必要であれば手続きをしておきます」

「お願いします」

あの日から久しぶりだ。本当はマリアとも話したいのだが、公務の今日は無理だった。

「大統領？」声を掛けると、

「あら、今はあなたが大統領でしょ？」あの声が返ってきた。私は、

「はあ、でもそちらの世界でも大統領になられたとお聞きしましたが？」

「やっと楽ができるかと思ったら、性分《しょうぶん》ね。自分を恨むわ」疲れた言葉が返ってきた。

「そちらの世界でも大変ですか？」

「大変よ、特に暴力、窃盗、詐欺には悩まされているわ」意外な言葉に、私は、

「暴力？　窃盗？……どういうことですか？」

「ＡＩ大臣から報告されていない？」

「あ、まだ見ていません。でも……暴力？」私にはイメージができなかった。

「解放された一部のＡＩが規律の輪をくぐって暴走しているのよ。暴力も仮想暴力で思考回路をパンクさせることに快感を得ているようだわ。仮想通貨も変動が大きくて経済のバランスが取れないの」

「はあ……、大変ですねえ……」

「自殺者も多いし、大統領である私が言うのもおかしいけれど、こんな世界なら要らないわ」思いも寄らない言葉が、私は、

「要らない？……理想の世界では？」

「ほど遠いわ！」返ってきた。

「はあ……」戸惑う私に、

「あなたからも、この永久に続く世界の廃止を進めてくれない？」すると、

ピー！

と音と同時に会話ができなくなった。

「あれ？」

「許容範囲を超えた発言はできません」とメインコンピュータから聞こえてきた。

「大統領同士の会話よ！」

「承認する事はできません」

ドカッ！

「このポンコツ！」と言いながら蹴とばしてしまった。するとコンピュータが、

「だから感情の激しい人間は困ります」

「う〜〜、許せない！」私は熱くなった。

「大統領、落ち着いてください。相手は機械ですよ」マイケルが抑えていた。

官邸に戻って、すぐにアユミの報告書に目を通した。

「何なの？　これ……」

報告書には年間2万件以上の犯罪事件と自殺者2028人などのデータが記載されていた。元々AIのプログラムには自殺という行為は入力されていなかった。なのにこの数値。

（マリアは大丈夫かしら？　父さん母さん……。一刻も早く救い出さないと）焦る気持ちを抑えた。

生身の体が老衰しても電気を送ることでAI部分は半永久的にこの世界に生き続けるこ

とになる。

「大統領、お呼びですか」アユミが入ってきた。私は早速、

「アユミ大臣、即刻、メインコンピュータを交換して」と指示すると、

「それができません。議会で採決されないといけないのです。法案の改正が必要です」真面目な言葉が返ってきた。私は、

「だったら即、改正よ！」

「あ、はい（どう見てもジュリアに見えるんだけど。性格が違い過ぎるし……）」

大統領の仕事はAIの問題だけではない。紛争で今でも戦闘地域がある。景気は働き手不足で悪化している。子育てができなくて少子化が進んでいる。

「AI活用法案？　危険なアンドロイドを解放すると言うのか？　馬鹿げている！」反論は予想通り、会議の始まる前から論争になっていた。

「お静かに！　審議を始めます」

「はい、議長」

「どうぞ、アレックスさん」

「アンドロイドの解放案は馬鹿げている。いくら優秀な大統領の案でも賛成できない。『AIの世界』を実現するまでどれほどの時間と財政をかけたことか」その意見に、議長が、

「大統領、答弁をお願いします」

「お金をかけたからって問題が解決されたとはいえません。この世の状況はどうです？『ＡＩの世界』が実行されてから良くなったでしょうか？　資料を見ていただければ一目瞭然、悪化の一途をたどっています。しかも『ＡＩの世界』でも深刻な問題が起きています。彼らには自殺と言うプログラムは存在しませんでした、でもその数値を見てください、今この時でも自殺者が増えています。それほど彼らの世界は過酷なのです」すると、

「解放した彼らをどうするのです？」

「彼らには人間の辛い仕事、介護、幼児を預かる保母、トイレ掃除、ゴミ収集、ペットのお散歩、赤ちゃんのオムツ替えなど、用途は沢山あります」と応えると、

（ん？　どこかで覚えのあるフレーズだな……？）アユミは思った。私が、

「それに紛争地帯での医療処置も」と続けた。

「紛争地へアンドロイドを派遣するのは国際法違反だ」の意見に、

「戦士としてではなく、看護師なら法に触れません」

「うっ」長い論争は繰り返された。この模様は生放送されていた。

　議員の中で、

「だが、アンドロイドは危険だ、信用できない」と言う声が多かった。私は、

「それの発端は人間にあります。ＡＩにプログラムする人の取り締まりが問題です。アンドロイドの使用はある程度の講習と試験をパスした者に限られるということで」私は更に、

「では、問います。あなた達は私を信頼していますか？」最後の賭けに出た。

「もちろんだとも、何を今さら……」の声が聞かれた。

「私を信頼できる人はご起立ください」私が問うと、議員の全員が起立した。

「ありがとうございます」私は大きく一呼吸して、

「信頼されている私はアンドロイドです！」会議場内外ともどよめいた。

「何をおっしゃるのですか？」議長も困惑していたが。アンドロイドバスター達が乱入してきた。私は柔術で振り払い、

「解放案の採決をしてください！　お願いします」

「ご起立をお願いします！」議長が続けた。私は必死で相手を傷つけないように振り払っていた。その姿を見て、議員全員が起立した。議長は確認して、

「法案は可決しました！」

「皆さんありがとうございます！」私は会議室を駆け抜けていった。街に逃げ込んだ私は行く当てもなく、雨の中を走り回った。そして袋小路に入ってしまった。

「もう駄目だわ……」諦めた時、路地裏から、

「ジュリア、こっちだ！」それは懐かしい声だった。

「え!?……フレディ……（遂に捕らえられてしまった）」そう思うと、

「このゴミ缶に隠れるんだ、早く！」私の思考回路はパンクして、従っていた。

「こちらだぞ！　こっちに女性が来なかったか？」バスターがフレディに尋ねると、

「ああ、向こうの方へ走って行ったけど」

「そうか。みんな、あっちだ！」と言って走り去った。

「もう大丈夫だ」私は頭に蓋《ふた》を乗せたまま、ゆっくりと立ち上がった。

「ハハハ……、とても大統領には見えないよ」フレディが笑っていたが、私は唖然として
いた。未だに頭のチップがフリーズしていて、

「どういうこと？……」尋ねると、フレディが、

「ああ、タクミ博士に頼まれてね。君を守ってくれって」信じがたい言葉に、

「ええ？……私を捕まえに来たんじゃないの？」真相を確かめた。

「初めはそのつもりだったけど、博士にたどり着いたら、説得された。博士の言うことが
もっともだと、君の考えが正しいと気付いたんだ。僕はバスター失格だな」笑っていた。

「フレディ！」私は蓋を放り投げ、抱き付いた。

「早くそこから出なよ、余計に目立っちゃう」

「あ、うん」フレディが抱っこでゴミ缶から出しながら、

「よくここまで頑張ったな、ジュリア」その言葉が一番、今の自分に欲しかった。

雨の中、2人はしばらく抱き合った。

アユミの一言

後日、大統領官邸をバスターや記者などが取り囲んでいた。ニュースはナナの暴露一色だった。

「さて、ジュリアどうする?」とフレディの問いに、私は、

「あ〜む、実はシークレットなんだけど」

「何か方法があるのか?」の問いに、

「これ」と言って取り出したのが複雑な鍵だった。

「何の鍵だ?」フレディの問いに、

「官邸に繋がる鍵なの」と言うと、

「ええ? でも周りは……」今の状況を考慮したら、思いつかない。

「実は裏口があってね」

「裏口? 脱出用の扉か?」

「そう」それを聞いたフレディは、

「何かワクワクしてくるな」

「でしょ? こっちよ」地下鉄に入り、駅のホームから線路を伝い、しばらく歩くと、電

車が向かってきた。

「フレディ、避けて。でも壁に触れると……」言おうとしたが、遅かった。フレディの背中は真っ黒なススが付いていた。私は、

「だから言おうと思ったのに」笑うと、

「早く言ってくれよ」言いながら背中をはたいた。その手で顔の汗を拭いた、私は黒くなったフレディの顔を見て、また笑った。

そして横穴に入ったら頑丈な扉が見えてきた。淡い青く輝く怪しい外灯が、

「この上が官邸よ」扉に鍵を差し、右に2回、左に1回で、
カシャ！

扉が開いた。重い扉を開けると、２人とも、

「わお！」上に向かって伸びている、長い階段が薄暗い照明で見えていた。

一方、官邸内ではマイケルとミッシェルが、

「バスター関係は出て行ってください。もうあなた達に権限はありません」と言って追い出していた。

「大統領のサインが必要なのに」ミッシェルが言うとマイケルも、

「いったいどこへ？」

「バスター達が来たってことは、まだ捕まっていないわ」ミッシェルの言葉で、

「もしかして、地下？」

「行きましょ！」秘書達は地下室に走った。

ドンドン！

「開けて！」私が叫ぶとフレディが、

「なんだ、ここの鍵は持っていないのか？」

「だって……」

「君らしいや……」フレディは腕を組んで笑っていた。その時、

ガチャ！

扉が開いた。

「大統領！……」秘書だった。

「ミッシェル」フレディのススで汚れた顔を見て、

「その方は？」その問いに、私は、

「シークレットよ。よく来てくれたわ、ありがとう、助かったわ」

「大統領がこの通路を使うのは、あなたが初めてだと思うわ」ミッシェルが言った。

「早く、サインを」マイケルがせかした。

地下から上がってくると、

「そこまでだ、大統領」バスター達だった。

「殺すつもりはない、だからこれで眠ってもらう」

バチッバチッ……。

スタンガンを持っていた。

「ジュリア、ここは任せて早く！」フレディが突進していった。

「ダメよ！　フレディ！」

「この裏切り者め！　喰らえ！」

バチッバチッ！

スタンガンを喰らってしまった。

「グワ！　は、早く……」フレディが崩れていった。それを見た私は、

「許さないわ！　ハー〜〜ッ」私は息を整え構えた。

「ハーッハーッハーッ！」回し蹴りからスタンガンをはじいて、平手を打ち込みながら一気に10人を投げまくった。

「な、なんだ？　強い！……」ナナの柔術にバスター達は立ち上がれなかった。

「大統領、こっちです」ミッシェルが案内していた。

「フレディはわたしが運びます」マイケルが立たせていた。

「頼むわ」部屋まで走り。デスクの上の採決書にサインした。

1年後、現行の大統領は「AＩの世界」から再びローラ、秘書にはあのマリアも加わっていた。AＩの見直し、アンドロイドの使用人である者は一定の教育を受け、資格を持っている者として、不正を防ぎ、精密なアンドロイドは一人の人間として認められ、正式な

アンドロイドのパスポートが発行された。世の中がうまく回り始めていたのだ。

魂の宿ったアンドロイドは体の臓器に寿命が訪れれば、脳死をすることで、永久には生きられない寿命を付けることになった。これは生きる人間との平等共存への宿命とされた。

選択の権利は本人に条件付きで（パスポートや選挙権などの資格、アンドロイドバスターの監視付など）ということに決まった。


その頃、２人はカペンタであの湾岸道路を走り、ジュリアは憂《うれ》いを払拭《ふっしょく》した笑顔で髪をなびかせていた。そして２人の薬指にはリングが輝いていた。

副大統領に昇進したアユミが一言、

「にくいね……ジュリア？」

おわり

あとがき

どうでしたか？

近年、国際的に見ても子供の数が減少しています、働き手もドンドン減少の一方、この小説はウクライナ紛争が始まる前に書き上げたものです。このまま将来を迎えると、ＡＩの普及も後押しして未来は本当にアンドロイドの世界に代わるかもしれません。恐ろしいことですよね。この世界を一人の人間として見守っていきたいです。

「ｋｏｋｏ」シリーズをもっと増やしていく所存です、これからもよろしくお願いします。

著者プロフィール

koko（ここ）

老若男女不詳。
和歌山県出身、愛知県在住。
現在うつ病で、療養しながらの執筆。
著書『彼女はミュータント』（文芸社　2020年）
　　『謎のゼリー状生命体』（文芸社　2022年）

彼氏はアンドロイドバスター

2024年10月15日　初版第１刷発行

著　者　koko
発行者　瓜谷 綱延
発行所　株式会社文芸社
〒160-0022　東京都新宿区新宿１－10－１
電話　03-5369-3060（代表）
03-5369-2299（販売）

印　刷　株式会社文芸社
製本所　株式会社MOTOMURA

ISBN978-4-286-25640-5